成寒之旅——②

方塔迴旋梯

余秋雨 作序

推開文學家的門

成寒◎文・攝影

發射生命強光的所在

余秋雨

與其他名人住宅相比，文學家的住宅往往更能引起人們的興趣，這是有道理的。

首先，文學家的住宅，大多也就是他們的寫作場所。他們如果還有別的辦公處，寫作還是在家裡，因此觀看他們的住宅，也就是觀看他們發射生命強光的所在。

其次，文學是感性的，文學家在寫作的時候，會不經意地把自己所處的環境氣氛滲透到文字之間。因此我們置身其中，有利於進一步領會他們的作品。

再次，文學家是獨特的，他們非同尋常的個性常常會表現在住宅的選擇、造型和佈置上。因此，他們的住宅，也成了一種很有趣味的智者生態展示。

最後，文學家又是大家的，他們的住宅直接連通著很多讀者的精神構成。讀者一步踏入，或多或少會產生一種回訪精神故園的感覺。

正由於上述四個理由，我在世界各地遊歷的時候，只要有機會，總不肯放過文學家住宅。而且，任何一次進入，都未曾後悔。

成寒小姐帶著與我差不多的心境，於遊蹤所及，尋找一所所文學家的住宅，然後徘徊盤桓，調動起自己以往的閱讀經驗，寫成這本書。這樣的書，既是一種旅遊輔助讀物，又是一種文學輔助讀物，我相信會受到很多讀者的歡迎。

今天的交通越來越便捷了，許多前輩想去而無法去的地方，我們都能輕鬆到達，因此，世界各地有很多文學家住宅的門，等待著年輕旅遊者的身影。成寒小姐的這本書是一種倡導，提醒人們在飽覽名山大川、宮廷豪園之後，也不妨去推一推那些清靜的門扉。

這些門扉裡邊，也許有自己生命的某些組成部分。

目錄

Writers' Houses

Writers' Houses

每一座房子都有它的故事

史特拉福小鎮

莎士比亞的故鄉

▲
▼

每個時代，每個人都能在莎士比亞的大鏡子裡看見自己。

William Shakespeare

這個靜謐的小鎮，按地名的表面上字義爲「亞芬河上的史特拉福」（Stratford-upon-Avon），是的，有一道亞芬河（Avon）穿流而過。鎮上居民僅兩萬多人，可是每年吸引上百萬的遊客，來自英國各地，也來自英國以外的世界各角落。他們來看莎翁出生的房子，衣錦還鄉以後的房子，他太太的房子還有他母親的房子。

小鎮出大人物

主修英美文學的學生，哪一個人沒有讀過莎士比亞（William Shakespeare）？他可是英美文學的老祖宗。記得大二時修一門課，指

莎翁雕像，由下往上望。

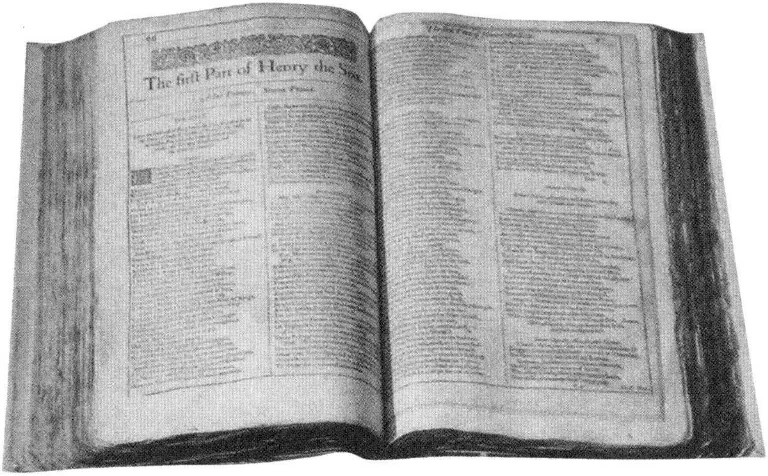

第一部對開本《莎士比亞全集》出版於一六二三年。

定閱讀七本莎翁的劇作，當然全是英文版本。那門課，莎翁整得我好慘。

有人曾經統計過，莎士比亞全部的作品共有884647個字，其中有31534個不同的單字。而當時我所認識的英文單字全部加起來，恐怕不超過九千個。

幸好我想到去聽英語有聲書，由專業劇團錄音，雖然字句不見得完全聽得懂，但隨著聲音的表演，我居然漸漸融入莎劇的氛圍。書沒看完，倒是用聽的，一口氣聽完了七個劇本，竟給聽出了感覺，那門課總算過了關。

小鎮上出了一個大人物——莎

士比亞。他的創作豐富又影響深遠。

在二十三年的創作生涯中，他共寫了三十七部劇本和一百五十四首《十四行詩》，翻譯成至少八十八種語言，成爲文學史上流傳最久遠、讀者最多的經典名著。第一部對開本（folio）《莎士比亞全集》出版於一六二三年。

置身於莎士比亞的世界

一入小鎮，在克洛普頓橋（Clopton Bridge）旁，有一座莎士比亞紀念銅像，莎翁坐著沉思，彷若正在構思一部新劇作。碑的四周環繞著莎劇中的知名角色如哈姆雷特、馬克白夫人、《亨利四世》中生性貪婪、體形肥胖的丑角孚斯塔夫，以及後來繼位爲《亨利五世》的哈爾王子。

到了莎士比亞出生的亨利街（Henley Street），一下子彷若置身於「莎士比亞的世界」。

大街兩旁，幾乎都與莎士比亞有所牽連：莎士比亞研究中心、皇家莎士比亞劇院、莎士比亞遺產監管會、書店、餐館、旅館、酒吧和商店，或以莎士比亞的名字命名，或冠以莎劇中人物的名字；商店裡賣的從書籍、畫冊、唱片到衣服、玩具，無不印上莎士比亞的肖像，連巧克力和茶葉盒上也有莎士比亞的名字。

克洛普頓橋旁，莎翁坐著沉思。

莎翁誕生地的後院，草坪一片綠。

莎翁誕生地是一座木桁架屋。

大街北側，一座兩層樓房子即莎士比亞誕生地，是一座「木桁架屋」（half-timber house）。踩著吱吱響的舊橡木地板，在房間裡走動，可清楚看到莎士比亞那個時代的生活風貌。屋內陳列著據說是當年莎翁睡過的床，還有一只十七世紀的搖籃。

房子爲橡木結構，白色外牆上露出橫的直的木桁架；房頂鋪紅瓦，花格窗上面塗滿了往昔造訪的名詩人簽名：卡萊爾（Thomas Carlyle）、華茲（Isaac Watts）、司各特爵士（Sir Walter Scott）等人的手跡刮痕，卻掩不住歲月的滄桑；臨街的牆根下，有一長條花

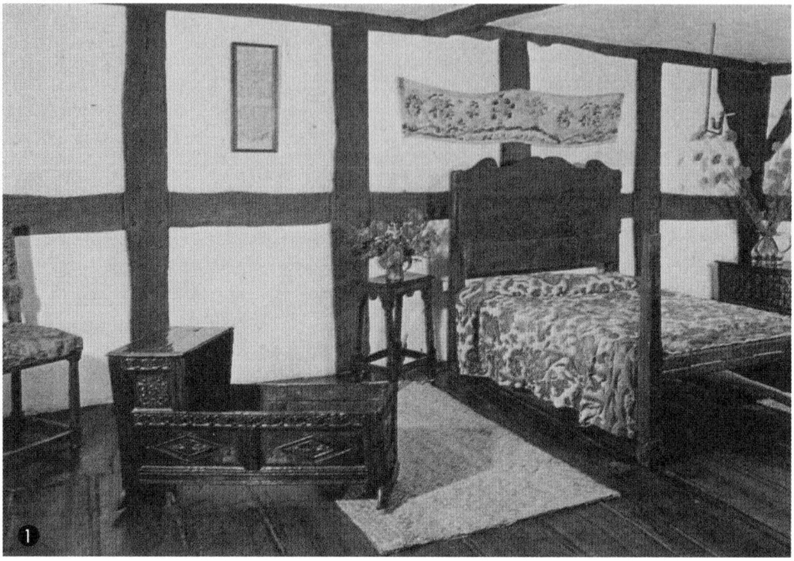

1.當年莎翁睡過的床和搖籃。
2.花格窗上面塗滿了往昔造訪的名詩人簽名。
3.莎翁誕生地的花園裡屹立著莎翁雕像。

池，屋後的花園，種滿了他作品中提及的花草樹木。在這座房子裡，莎士比亞出生並度過了他半生的時光。

鎮上有間愛德華六世學校（King Edward VI Grammar School），其二樓，據說是莎士比亞唸小學的地方。

四大悲劇，人生如戲

莎士比亞的父親是個商人。小鎮上，經常有劇團巡迴演出。莎士比亞看戲時發現，小小的舞台，少數幾個演員，就能把歷史和現實生活中的故事淋漓盡現，從此他愛上了戲劇。

當父親生意失敗，十四歲的莎士比亞只好輟學，當父親的助手。十八歲那年他結了婚，不到二十一歲，已有了三個孩子。妻子安・哈撒薇（Ann Hathaway）比他大八歲，據說是個悍婦。太太家的房子

搭茅草屋的人。（Andrew Sherr 提供）

安·哈撒薇農舍是一棟茅草屋。

是一座茅草屋（thatched house），現在這是在英國受到保護的傳統建築。室內共有十二間房，陳列當時的家具和日用品。

英國境內有六百餘座茅草屋，全已列入國寶，可入住，不准拆，地方政府每年撥大筆經費維護。茅草主要以稻草、燈心草、蘆葦、棕櫚葉之類爲材，從前遍地可得，而人工又便宜，茅草屋宛若窮人家專屬的房子，現在一般人可住不起。茅草每隔幾年就要換新，不然裡面長蟲，一早醒來，伸懶腰，打個呵欠，一隻蟲剛好掉進嘴巴裡，正是Breakfast in Bed!（在床上用早餐）。

有人說，從前英國首相柴契爾

小鎮上的古董店櫥窗。

莎劇《皆大歡喜》公演劇照。

夫人（Mrs. Thatcher）所冠的夫姓，可想而知，她夫婿的祖先八成是搭茅草屋的工人。

一五八六年，莎士比亞隨一個戲班子步行到倫敦，在劇場打雜，看舞台上的演出，並自學文學、歷史、哲學等課程，閱讀大量的書籍以及自修希臘文和拉丁文。他也演過戲，當過編劇。

那時候，倫敦的劇團對劇本的需求極爲迫切。假使一齣戲不受觀眾歡迎，馬上撤掉，換演新戲。一五九九年，頂著「詩人扛起地球」旗幟的環球劇場（Globe Theater）開張了，莎翁爲這個劇場寫了多部劇作，征服了倫敦的戲迷。

在以後的幾年裡，莎士比亞又寫出《奧賽羅》（*Othello*）、《李爾王》（*King Lear*）和《馬克白》（*Macbeth*）及《哈姆雷特》（*Hamlet*）四齣，被稱爲莎士比亞的四大悲劇。

每一齣悲劇，分別探討不同的性格缺陷——人生中種種悲劇的產生，實肇因於某些性格缺陷，最終造成災難性的後果。《奧賽羅》談的是懷疑與妒忌。《李爾王》最大的弱點，就是長年活在尊貴的地位中，已無法分辨何爲虛僞的奉承、何爲眞實的感情與忠實。《馬克白》探討一個人如何從僅欲求願望，到最後犯下不可饒赦的罪行。《哈姆雷特》的主角性格缺陷是過於道德完美主義，優柔寡斷，過多的自我批判質疑，缺乏行動的決斷力。

* * *

丹麥王子哈姆雷特天生優柔寡斷，性格延宕遲疑。當他對活在世上產生疑惑時，死的念頭也隨之而生，可是他又對該不該死有了疑問。他最有名的獨白：「活下去還是不活：這是個問題。」（To be, or not to be: that is the question.）

起初，哈姆雷特覺得：死，不管是心痛皮痛肉痛，死，就是睡眠，正好一了百了。然而，他的性格又開始自我折磨：死，就是睡眠，而睡眠也許要做夢，這就麻煩了！他想到死後也不得安寧，活著已是痛苦，死後又不知會有什麼苦難？唉，**To be or not to be**，眞是兩難啊！

RSC
ROYAL
SHAKESPEARE
COMPANY

皇家莎士比亞劇團的標識（右圖）及演出海報。

年事漸長，有了一些生活體驗以後，我終於發現，原來莎翁的戲劇就在我們的生活周遭不斷上演著。在世界各地的劇院裡、屋簷下、教室裡，凡是有夕陽落下、太陽升起的地方，就有莎士比亞所創造的人物。因爲莎士比亞不受時空限制，他說的話無所不包。眞是人生如戲！

皇家莎士比亞劇院像工廠

到了莎翁的故鄉，當然不可錯過看戲。

我挑了一齣在皇家莎士比亞劇院（Royal Shakespeare Theatre）上演的《暴風雨》（*The Tempest*）。

皇家莎士比亞劇院的外觀設計像工廠。

皇家莎士比亞劇團（RSC; Royal Shakespeare Company）要算是世界最著名的劇團。然而它表演的地方，這座一九三二年完工的劇院，臨河，景觀佳，可惜紅磚的外觀設計，在我眼裡看來倒像一座工廠，平凡無奇，令人大失所望。

文藝復興時期，舞台上常鋪著稻草作隔音之用，現在已經沒有這樣做了。幾年前，考古學家在倫敦挖掘出十九世紀「薔薇劇場」遺址，發現劇場內處處是果殼堆。我可以想像，當年歐洲人看莎劇，大概也跟中國人聽戲時差不多，嗑瓜子的、吃零食的、喝茶的，有人大聲叫好，也有人不客氣的喝倒彩。

哈佛之母的房子，在十九世紀初重新整修。
開幕之日，熱鬧空前。

鎮上還有座房子很出名。美國哈佛大學當初以教士約翰・哈佛（John Harvard）爲名，而他母親凱薩琳早年居住過的房子如今依然存在，母以子貴，房門上釘了一塊匾額，寫著「哈佛之母的房子」。其實約翰・哈佛並非哈佛大學創辦人，他只是捐了一批書，哈佛便以他爲名。

1.「新地」是莎士比亞生命最後十九年居住的地方。

2.春來「新地」，百花盛開。

3.三一教堂有無數的遊客如朝聖般前去瞻仰。

❶

❷

❸

莎翁真有其人？

莎翁在倫敦打拼，成名後返鄉買下了「新地」（New Place），位於禮拜堂街（Chapel Street），美麗的花園充滿文人浪漫的氣息，他在此度過生命最後十九年。一六一六年四月二十六日，莎士比亞因病撒手人寰，他的墓在小鎮的三一教堂（Trinity Church），每年有無數的遊客如朝聖般前去瞻仰。

聖龕前，莎士比亞手上拿著一支鵝毛筆，而墓碑上刻著幾行警語：

Good friend for Jesus' sake forbeare
To dig the dust enclosed here;
Blessed be the man who spares these stones,
And cursed be he who moves my bones!

好朋友，看在耶穌的份上，請勿
掘動葬於此地的枯骨；
放過這塊墓地的天保佑，
搬動我的骨頭者，將遭到詛咒！

莎士比亞手上拿著一支鵝毛筆。

哈洛・卜倫（Harold Bloom）所著《西方正典》（*The Western Canon*）一書，將莎士比亞置於西方正典的核心，討論了二十六位作者的作品，書中旁徵博引，比較歷來西方經典名家與莎士比亞的互動關係，以及他們如何爲莎士比亞所影響。連物理學家霍金的新書名字《胡桃裡的宇宙》，也取自莎士比亞《哈姆雷特》劇作裡的台詞：「即使關在胡桃殼裡，我也會把自己當作擁有無限空間的君王。」

莎士比亞的一生，我們所知不多，有大段的空白。然而，或許是因莎士比亞太偉大了，有些英國人竟犯了「愛極生疑」的毛病，對他產生了懷疑：那麼多的劇本眞是出於他一人之手嗎？他沒上過大學，也沒在貴族圈子裡混過，如何能有那麼豐厚的學識，知道那麼多關於宮廷和貴族的事蹟？他們懷疑，莎士比亞眞有其人？或者，根本是群體捏造的？或只是冒名頂替的人物？但至今，沒人拿得出證據來。

現存的莎翁肖像都是後人在其死後繪製的，其中以倫敦國家肖像藝廊典藏的這幅最知名。大多數人堅信：莎士比亞就是莎士比亞，別無他人。

世界書香日，也是莎翁的生日

莎士比亞生於一五六四年四月二十三日，巧合的是，另一位西班牙作家，《唐吉訶德》（*Dan Quixote*）的作者塞萬提斯（Miguel de

莎翁長眠於尖尖的三一教堂地底下，前方有亞芬河流過。

一輛古董車緩緩駛過石板街道，時光恍若回到從前。

Cervantes）也在一六一六年的同一日辭世。

西班牙人把四月二十三日訂爲「聖喬治屠龍紀念日」。勇士聖喬治屠龍救公主，將龍血化成的紅玫瑰送給公主，並獲回贈書冊，象徵知識與力量。每逢四月二十三日，西班牙到處是大小書市及街頭節目，買書的人都獲贈玫瑰。

一九九五年十一月，聯合國教育科學及文化組織（UNESCO）正式宣布莎翁生日這天爲「世界書香及版權日」（World Book And Copyright Day）。

史特拉福這個小鎮，一直維持原樣。傍晚時分，我看到一輛古董車緩緩駛過石板街道，時光靜止了，恍若回到從前。

與莎士比亞有關的房子

史特拉福一帶，與莎士比亞有關的房子共有五座，由誕生地信託會（Birth Place Trust）全權經營管理，有觀光巴士往來莎翁各景點，你可以分別購票進入參觀，或購買聯票參觀全部。

1. 莎士比亞誕生故居（Shakespeare's Birth Place）
陳列莎翁的一些手稿及遺物，位於Henley Street。

2. 新地（New Place）
莎翁成名後返鄉買下的住宅，位於Chapel Street。

3. 霍爾農舍（Hall's Croft）
莎翁女兒蘇珊娜及其夫婿霍爾醫生的家，位於Old Town Road。

4. 安．哈撒薇農舍（Anne Hathaway's Cottage）
莎士比亞太太家的房子，距離市區約一．六公里，可徒步前往。

5. 瑪莉．亞頓的農舍（Mary Arden's House）
瑪莉．亞頓是莎翁的母親，她童年時所居住的都鐸式（Tudor Style）農舍，展示英國農村早年所用的烹調用具，位於五公里外的威爾考特（Wilmcote）。

搭觀光巴士，坐在頂層漫遊莎翁各景點。

方塔迴旋梯，夢裡依舊

葉慈塔

▲
▼

峇里鄺塔是詩人第一次擁有自己的房子。
塔本身及七十二階迴旋梯給他象徵的力量。
詩人對幽居「孤寂之塔」追求智慧的景況有所憧憬。

William Butler Yeats

從都柏林沿 N66 高速公路開往戈特（Gort）的遊覽車上，驀然想起了那首歌〈當愛爾蘭人的眼睛在微笑〉（When Irish Eyes Are Smiling），繼而想到愛爾蘭人的淡綠色眸子，心中不禁起了疑問，那愛爾蘭最偉大的詩人葉慈的眼睛究竟是什麼顏色呢？

不像城堡，像一座塔

第一眼覺得，它不太像城堡，倒像一座塔。

一九一六年，葉慈花三十五鎊買下這座十四世紀諾曼人蓋的古堡——峇里鄺塔（**Thoor Ballylee**），**Thoor**即愛爾蘭語「塔」之意。經過一番整修，從一九一九至一九二九年，葉慈和家人在此度過每一個夏天。這段期間，詩人寫下兩部詩集《塔》（*The Tower*）和《迴旋梯詩集》（*The Winding Stairs and Other Poems*）。

塔有四層，每一層設一房，層層之間，石砌的階梯貫穿其間，石階表面有歲月磨損的痕跡，迴旋又迴旋，直至塔頂。塔的牆壁有七呎厚，占去平面空間，以致房間不大。穿透石壁，每層開一扇窗，從窗子望出去，柯倫河（**Cloon River**）環塔邊緣流過，順勢流入地下，一直流到浩瀚的大西洋。

峇里鄺塔不太像城堡，倒像一座塔。

在我的窗台下面那河水湍急奔流，
水獺在水底下游，水雞在水面上跑，
在上天的俯瞰下清亮亮地流過一哩路
然後漸漸黑暗落入「黑暗的」拉夫特瑞的「地窖」，
鑽入地下。

——〈庫爾莊園和峇里鄺塔，1931〉

庫爾莊園之夏

峇里鄺塔鄰近葉慈摯友葛列格里夫人（Lady Gregory）的宅邸庫爾莊園（Coole Park），今日已是國家公園。多少年來，這位年長女士在金錢上支持他，在精神上鼓舞他，一九〇九年，當葉慈獲悉她病危時，在日記中寫道：「她一直是我的母親、朋友、姊妹、兄弟。」

葛列格里夫人二十八歲時嫁給六十三歲的威廉・葛列格里爵士，在高爾威（Galway）郡擁有這座莊園。一八九二年，丈夫過世後，她把庫爾莊園作爲文學家和藝術家的中心，自一八九七年起，連續二十年，未婚的葉慈每一年夏天都和文人朋友到那兒寫詩。這是理想的工作環境，他的許多詩作，其意象靈感都得自於庫爾莊園的生活體驗。

在《大詩人的聲音》一書，我聆聽葉慈親自朗讀的聲音，如波光夢影般的詩句，時而低迴時而高亢的旋律，庫爾莊園的情景歷歷如繪：

> 著名的手裝訂過的可愛的書牆，
> 古老的石雕頭像，古老的繪面到處都是。
>
> ——〈庫爾莊園和峇里酈塔，1931〉

她的美屬於名畫，屬於詩篇，屬於古老的傳說

世人皆知，詩人一向多情，然而，像葉慈那樣癡情又專情的詩人恐怕不多見。一八八九年，葉慈二十三歲，在異鄉倫敦初識茉德‧岡（Maud Gonne），一見面便驚爲天人。他在《回憶錄》（*Memoir*）中寫道：「我從沒想到會在一個活生生的女子身上看到如此這般的美麗，那種美屬於名畫，屬於詩篇，屬於古老的傳說。我的人生災難從此開始了。」見面的那一刻，注定了他大半輩子的苦戀與折磨。

葉慈終生愛戀的女子茉德・岡。

多少人愛你青春歡暢的時辰，
愛慕你的美貌，假意或眞心
唯有一個人愛你衰老臉上痛苦的皺紋
愛你那朝聖的靈魂。
——〈當你老了〉

茉德是詩人終生戀慕的對象。她是美麗動人的女演員，亦是激進的革命分子，是愛爾蘭民族自治運動的領導人之一。在詩中，葉慈把茉德・岡積極追求愛爾蘭獨立的運動視爲一種「朝聖」。而詩裡行間，也暗示著歲月的無情，青春易逝，那些追求你的人只不過愛你的美貌，唯有「一個人」即詩人自己，愛你「朝聖」的靈魂。等你年老色衰，情人也許就離你而去，唯有我愛你不渝，即使你已老去。

把相思化爲詩

葉慈的許多詩，全是爲了茉德而寫，爲了向她訴說情意，表白自己。而茉德一再拒絕葉慈的求婚，她永遠有不嫁給他的理由，令他的苦戀始終找不到出口。葉慈愛這女人愛到令人難以想像的地步，他愛她，卻得不到她，可是又無從排解這份相思。正因爲茉德是葉慈「失去的女人」（woman lost），她於是成爲他想像中最縈念的對象，而他又把這難解的相思化爲文，化爲詩，化爲不朽的藝術創作。

她是詩人的繆思。

若不是爲了向她傾訴情意，葉慈很可能不會一直寫詩也說不定。

他爲她寫了至少一百首以上的詩。難怪茉德・岡一度對詩人說：「世人應該感謝我沒嫁給你。」

在感情上，一片癡心的詩人屢次求婚得不到佳人回應，竟轉向茉德・岡的女兒伊索德，卻仍遭到婉拒，感情又一次受到打擊。這時他已年五十二，身心俱疲，總算徹底死了心。一九一七年，葉慈娶了喬琪・海德—李（Georgie Hyde-Lees,

葉慈直到五十二歲那年才成家。

1891-1968）爲妻，這位聰明而不自私的英國女子，讓詩人的身心從此安定下來。

一九二三年領取諾貝爾文學獎時，他語意深長地說：「現在，我已年老，而我的繆思卻很年輕。」

幽居「孤寂之塔」追求智慧的憧憬

入住前，方塔進行整修，詩人要求塔的內部簡單、不加裝飾，維持建築的原樣。一九一九年夏，葉慈與妻子、女兒搬進了峇里鄺塔。在一九一八年給茉德．岡的一封信上寫道：「我們希望能在月內搬進峇里鄺塔，這是一座理想的窮男子之家，盡量維持原樣，沒有幾件新東西，鄰居也欣見我們只帶幾樣古老的愛爾蘭家具進門。」

峇里鄺塔提供給詩人精神的避風港。由下而上，底層是餐廳，上面兩層分別是臥房，最頂層的房間沒怎麼整修，粗糙，素樸，葉慈常上樓來，一個人席地靜思冥想。

這是詩人第一次擁有自己的房子，塔本身及七十二階迴旋梯給他象徵的力量。詩人對幽居「孤寂之塔」追求智慧的景況有所憧憬，迴旋梯的石階不似一般樓梯，腳步踩上去，寂靜無聲。他寫了一首詩獻給妻子，我在塔中也看見銘刻在一方木板上的這首詩：

七十二級石砌的階梯，迴旋又迴旋，直上塔頂。

我，詩人威廉・巴特勒・葉慈
以古老的石塊和海綠石板
戈特打鐵鋪鑄造的材料
為我妻子喬琪重修此塔；
當一切再度淪為廢墟，
但願這些文字留存下去。
——〈雕刻在峇里鄺塔一石頭上〉

朋友來作客，依傍著古塔中的泥炭爐火，共進晚餐。「談話已經到了深夜時辰，爬上狹窄的迴旋梯去就寢。」他如此寫道。

有時候，葉慈待在底層的大房間裡寫作，但多半時光，他在暗夜搖曳的燭光下，看著妻子睡著的身影將他帶進深沉的溫柔，詩句就這樣汩汩流淌而出。妻子將臥室的天花板漆成黑、藍和金色，營造出一種玄祕的視覺氣氛。白晝時光，葉慈徜徉在森林小徑上，遇見的村民皆認識這位大詩人。

葉慈一家在一九二九年遷出，峇里鄺塔一度荒廢，半掩在常春藤覆蓋的破落廢墟背後有說不完的故事，久遠的、逐漸為人所遺忘的故事，透過貓頭鷹啼叫及鬼魂纏繞不去。葉慈從此不曾再回來，然而，詩人在塔中，塔也在詩人心中。

一九六三年，葉慈夫人將峇里鄺塔交託給愛爾蘭觀光委員會，經過修葺，在一九六五年葉慈一百週年誕辰，正式對外開放爲紀念館，命名爲「葉慈塔」（Yeats Tower）。塔內收藏多種葉慈詩集的初版，原來的家具也都保留，緊鄰的小屋作爲遊客休憩茶館和紀念品店。

我看到牆上掛的幾張葉慈照片，從年輕到晚年，斯文中帶幾分狂狷，我不得不承認這的確是個俊美的男子。這樣的男子，怎麼會爲情所困？眞叫人難解。可是，仔細端詳鏡片後他的眼睛，卻始終看不清他的眸子是否也帶著淡淡的綠？

心靈國度的原鄉——史萊果

葉慈在一九三九年溘然而逝，身後葬在都柏林（Dublin）西北方，他心靈國度的原鄉——史萊果（Sligo）。葉慈所作的詩篇歷歷提到史萊果附近的地名，其中最有名幾首詩如〈茵尼斯弗利湖島〉（The

葉慈墓碑上鐫刻著：「抛出冷眼，看生，看死。騎士，向前！。」

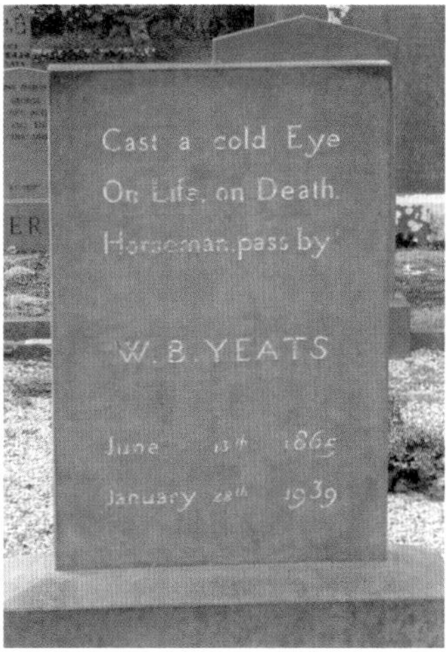
Cast a cold Eye
On Life, on Death.
Horseman, pass by
W. B. YEATS
June 13th 1865
January 28th 1939

Lake Isle of Innisfree〉，他在《大詩人的聲音》一書中親自朗讀；在〈塔〉中提及孩提時，「爬上巴班山的山背」；在〈你們滿意嗎？〉（Are you content?）歌詠史萊果的杜瀾克里阜。

詩人在去世前一年自撰輓詩〈在巴班

▲愛爾蘭咖啡裡頭加了威士忌，上層漂浮著奶精。

◀史萊果街頭，葉慈雕像身上刻滿了他的詩句。

山下〉（Under Ben Bulben），在結尾自擬墓誌銘：

拋出冷眼
看生，看死。
騎士，向前！

史萊果街頭有座葉慈全身雕像，身上刻滿了他的著名詩句。我在街角咖啡館裡小歇，點叫一杯傳統「愛爾蘭咖啡」（Irish coffee），服務生用高腳酒杯端來。我正感詫異，想問他們爲何不用一般咖啡杯。未料，才喝了幾口便醉倒。原來，愛爾蘭咖啡的作法是，在黑咖啡裡加了威士忌，奶精不溶入咖啡，只是漂浮在濃濃的咖啡之上。滴酒不沾的我，立刻宣告投降。

別愛得太久

除了一九二二至二八年間擔任愛爾蘭參議院議員外，葉慈一生都在寫詩，長達五十餘年，沒做過別的行業。可是，葉慈從不自以爲掌握了寫詩的奧祕，否則，他對詩藝的追求便停滯不前了。

從詩人留下的筆記、手稿和打字稿，可以看出葉慈寫詩，總是不斷的修修改改，不把創作當成隨興靈感，而是不停的學習、嘗試和反覆更改的過程，使每一個字、每一句詩，凝練而嚴謹，鋪陳成詩篇。

至於愛情，三十年的迷戀，到頭來一場空。許多年後，葉慈回顧以往，他雖也曾試著結交其他女友，卻因對茉德一往情深，以至於無法眞正愛上別的女人。葉慈認爲茉德從未明確拒絕過他的追求，而茉德卻辯稱自己從未給過他任何希望。然而這份迷戀，在婚後已然逝去，兩人的關係逐漸淡漠，詩人這才頓悟，再喚不回的是年少的熱情與淋漓盡致，幸好，幸好還留下美麗的詩篇。

七月的午後，水動風涼夏日長。當我登上平坦的峇里鄺塔頂，轉個身子，極目望去盡是綠樹森林，深邃、幽靜，風在四野呼嘯，暮靄隨風漂浮橫掃一切。陡然間，熟悉的意象浮現上來，我彷彿聽見詩人以自我調侃的語調吟唱著：

哦，別愛得太久：
我曾久久地愛過，
但結果華年流逝，
像一首過時的歌。

峇里鄺塔（葉慈塔）
Thoor Ballylee (Yeats Tower)

Gort, County Galway

電話：353(9)31436
傳真：353(9)65201

彼得兔一百年

碧翠絲・波特的世界

▲
▼

二○○二年是《彼得兔》問世一百年，
這本風靡全世界的兒童繪本，當初並不是爲了書而寫。
那是一封信，一封寫給五歲小男孩的信，信中有一則故事，
是關於幾隻小兔子，其中最有名的一隻叫「彼得兔」。

Beatrix Potter

那一年，五歲的小男孩生了病，好一段日子哪兒都不能去，躺在床上百無聊賴，瞪著天花板發呆。這會兒，有人捎來一封慰問函，他打開一看，眼睛驀然亮了起來。

慰問函裡有故事還有插畫

慰問函裡夾了一則故事，又配上一幅幅生動活潑的插畫，一看就令人著迷。

小男孩輕聲唸出：「親愛的諾爾，我不知道該寫什麼給你，所以我要告訴你一個關於兔子的故事。從前從前，有四隻小兔子，他們的名字叫：小福、小毛、小白和彼得。他們和媽媽住在一棵大樅樹底下的沙洞裡……頑皮的彼得不聽媽媽的話，獨個兒悄悄溜進麥先生的菜園裡偷採胡蘿蔔吃，沒想到被麥先生逮個正著——」唸著唸著，小男孩蒼白的臉，因閱讀的喜悅而微微泛紅。看到彼得兔被麥先生追趕，掉頭快跑的調皮模樣兒，不禁咯咯笑出聲來，他的病情也漸漸好轉。

那是一八九三年的事了，小男孩的名字叫諾爾（Noel）。這名滿懷愛心，能畫又能寫的婦人是碧翠絲·波特（Beatrix Potter），她決定把故事印成書，讓更多的小孩閱讀。

Eastwood Dunkeld
Sep 4th 93

My dear Noel,

I don't know what to write to you, so I shall tell you a story about four little rabbits whose names were—

Flopsy, Mopsy, Cottontail and Peter.

They lived with their mother in a sand bank under the root of a big fir tree.

碧翠絲・波特寫給小諾爾的慰問函，圖文並茂。（碧翠絲・波特繪）

《彼得兔》（*The Tale of Peter Rabbit*）在一九〇二年推出，彼得兔，快跑！一晃眼，至二〇〇二年已有一百年。然而，如同其他第一次出書的作者，一開始，《彼得兔》根本乏人問津，屢遭退稿，碧翠絲·波特只好自己出一半的錢來印書。

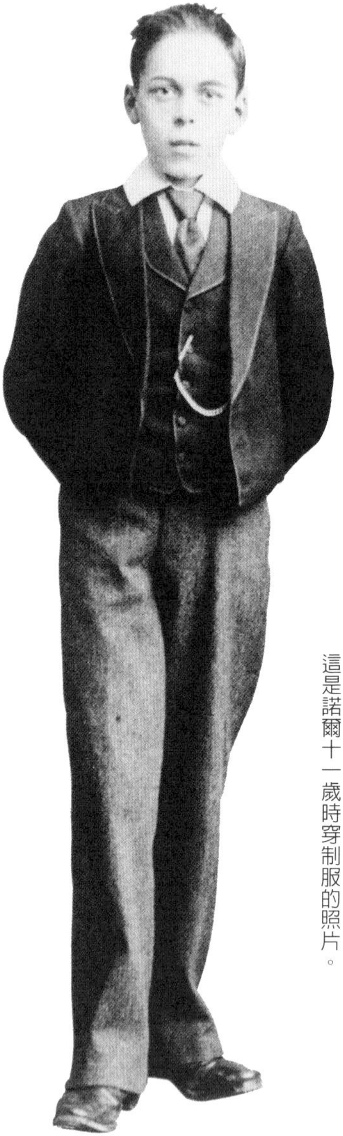

這是諾爾十一歲時穿制服的照片。

《彼得兔》第一版印行，根本乏人問津，屢遭退稿，作者只好自己出一半的錢來印書。

小兔子和媽媽住在一棵大樅樹底下的沙洞裡。（碧翠絲・波特繪）

下圖：碧翠絲·波特畫的植物，非常逼真。
左圖：碧翠絲·波特與父親合影。

維多利亞時代的女性，敢於與眾不同

一八六六年七月二十八日，碧翠絲·波特生於倫敦南肯辛頓區。在那民風保守、女權落後的維多利亞時代，碧翠絲·波特從小就敢於與眾不同。

那年頭，女孩子不時興上學，所以她從未正式受教育，僅靠家教的指導在家自修，一個人畫畫自娛。她經常出入倫敦自然史博物館，研究陳列室中展出的植物和動物速寫，回家就依樣畫葫蘆，自製聖誕卡、生日卡，做圖畫書。

可惜這些畫，一幅幅逼真的花草、動物速寫及水彩畫，包括蜥蜴、蠑螈、蕈類、苔蘚、地衣、蜘蛛等，還有她所作的生態研究，在她生前都無緣給世人欣賞。一九三四年她把自繪的一疊蕈類、苔蘚和化石畫交給艾伯塞德（Ambleside）的阿密特圖書館（Armitt Library）保存。

英國湖區好比日月潭？

《彼得兔》一推出就賣掉五萬冊，被翻譯成數十種不同的文字。書一暢銷，波特從售書所得的版稅，加上得自家人的遺產金，買下距倫敦兩百五十哩，位於湖區（Lake District）的一座十七世紀莊園「丘頂」（Hill Top）。

湖區位於英格蘭西北角，鄉村的自然

通往「丘頂」的路標。

彼得兔，快跑！（碧翠絲・波特繪）

雪中夜來燈光亮起的「丘頂」。（碧翠絲・波特繪）

正要下樓的湯姆貓。（碧翠絲・波特繪）

環境，多年來吸引過不少文人，例如著名詩人華滋華斯（William Wordsworth, 1770-1850）、柯爾律治（S.T. Coleridge, 1772-1834，又譯柯立芝）、作家兼藝評及哲學家羅斯金（John Ruskin, 1819-1900），來到湖區，彷若走入詩的國度裡。

有人把英國湖區比作台灣的日月潭，在我眼裡看來，這兩地的風光相似，沒有大山大水，靜謐秀麗，早晚湖面一片氤氳，薄紗似的霧氣籠罩著。最大的不同是，日月潭以原住民文化著稱，湖區則充滿豐富的人文氣息。

一八八二年，碧翠絲・波特初

訪英國湖區時才十六歲，從此就愛上了這個地方。

「丘頂」房舍的許多角落和縫隙、花園都曾出現在她的故事和圖畫裡。粗灰泥外牆、石板瓦屋頂，屋內的家具、紀念照、瓷器擺設，「丘頂」一如她生前，她寫作的房間也未曾變動過。當年，碧翠絲．波特在「丘頂」尖尖的門廊下留下倩影，而今遊客來到這兒，依稀可見書中角色的影子——如果從樓梯走上去，你會與正要下樓來的湯姆貓（**Tom Kitten**）擦身而過。

靈感來自湖區奔跳的小動物

第二本童書《格洛斯特的裁縫》（*The Tailor of Gloucester*）出版於一九○三年，靈感來自格洛斯特當地的民間故事，以當地的一座眞實房子爲背景。從第三本書《松鼠努金》（*The Tale of Squirrel Nutkin*）開始，她的故事背景移到了湖區。

湯姆貓牽著小貓咪往「丘頂」跑去。（碧翠絲．波特繪）

湖區風光美如畫，碧翠絲·波特愛這片大自然土地，窮畢生之力來維護它的美。

《小兔班傑明》（*The Tale of Benjamin Bunny*）的故事就發生在琺園（Fawe Park）。

在一九〇三年至一九三〇年間，她又陸續寫下《小貓湯姆》（*The Tale of Tom Kitten*）、《陶先生》（*The Tale of Mr. Tod*）等等，一生共寫了二十三本書。她寫，她畫，她筆下創造的小兔子、小豬、貓咪都是在湖區奔跳的動物，在書中各具鮮明的個性。

她陸續在湖區購地買屋，一九〇九年買下對面的「古堡農莊」（Castle Farm），一九二三年又買下「鱒背園莊」（Troutbeck Park Farm），一九三〇年購入面積達四千畝的Monk Coniston Estate，有一彎湖區最美的豪斯湖（Tarn Hows）。

婚後，從女作家變農婦

碧翠絲・波特一直維持單身，事雙親至孝。

直到因購屋置產，認識了當地一名律師威廉・希利斯（William Heelis），兩人合作多年之後，他向她求婚，她答應了，這時她已經四十七歲。兩人在一九一三年結爲夫妻，從此以後鄰人喚她希利斯太太。希利斯先生有座十七世紀的房子作爲律師事務所，如今已改爲碧翠絲・波特藝廊（**Beatrice Potter Gallery**），長期展示碧翠絲・波特的書信及畫作原稿。

婚後她搬到「古堡農莊」，書漸漸寫得少了，把生活重心轉向務農及養羊，她的身分從一個童書作家變爲農婦。她把賀德伊克品種綿羊（**Herdwick sheep**）養得非常好，在展示會上贏得許多獎牌。這段期間，她也學會了如何訓練牧羊犬，愛跳土風舞。她又養豬，得了獎牌不打緊，還給了她靈感寫《小豬柏郎》（*The Tale of Pigland Bland*）。當然，她也養了一窩小兔子，當兒童興沖沖前來尋找彼得兔時，不會失望而歸。

碧翠絲・波特不愛時尚名牌，長年都穿一雙土裡土氣的木底鞋。

她愛湖區，愛這片大自然土

碧翠絲和威廉的訂婚照。

地，窮畢生之力來維護它的美。她認爲自己住在湖區，對保存當地的舊有建築和農莊，及維護湖區環境是她應盡的責任。只要一聽說哪裡要賣地改建爲商業用途，她就趕快去把它買下來；別人買房地產是爲了投資，她是爲了讓湖區維持它的原樣。

慶幸的是，她在童書上賺了不少版稅。據估計，各種語言版本的《彼得兔》至今已售四千萬冊，連同其他作品共超過一億冊。

可是，她寫書並不是爲了錢。她說：「寫書是爲自己高興而寫，不爲了取悅讀者。」爲了鼓勵兒童多閱讀，她寧願自己少賺點版稅，把每一本書的價錢調到最低，讓小孩都買得起。她過著簡樸的家居生活，不愛時尚名牌，長年都穿一雙土裡土氣的木底鞋。

此「波特」，彼「波特」

《彼得兔》問世近百年後，英國又出現了一位寫童書的女作家，她把那轟動全世界的奇幻故事題爲《哈利波特》（*Harry Potter*），恰巧和碧翠絲・波特同姓氏！我在想，當羅琳（**J.K. Rowling**）爲她的小男主角取名字時，是否聯想到《彼得兔》的作者呢？

一九四三年碧翠絲・波特在家中安詳離開人世，享年七十七。她身後遺留下四千畝面積的田地和房產，以及成群的賀德伊克綿羊，全交由國家信託會（National Trust）接管。直到今天，湖區依然是英國最富鄉村氣息、最不受人爲干擾的地帶，沒有太多工業，觸目所及，綠野中蜿蜒著石塊堆疊而成的矮牆，羊群閒閒漫步其間，村莊似乎

湖區一片靜謐，田野中蜿蜒著石塊堆壘而成的矮牆。

Writers' Houses

停格在古老的從前。當然，慕名而來的大批觀光客除外。

每年從四月復活節一直到十月底的觀光旺季，遊客大批湧進溫德米爾（Windermere），就爲了尋找彼得兔，以及它的創造者。七月的午後，我將背包揹起，和朋友在強烈的陽光下，一前一後走下了「丘頂」後方的山坡，剛巧碰見一隊白鵝正一隻跟著一隻，穿出石牆口轉下一個斜坡。再走遠些，山嵐又飄過來，霧如輕柔薄紗緩緩覆蓋。

1

2

這兒眞安靜。

彼得兔的「碧翠絲・波特的世界」紀念館（The World of Beatriex Potter）存放著波特筆下出現的角色，一隻隻可愛的動物，以人裝打扮，充滿童稚的逗趣，令人有回到過去、回到童年的感覺。館中有兩間播映室，一間介紹波特筆下各故事角色的由來，另一間播放

1. 一九一三年碧翠絲站在「丘頂」尖尖的門廊下。
2. 一隊白鵝一隻跟著一隻，穿出石牆口轉下一個斜坡。

碧翠絲・波特傳奇一生的影片。通往播映室的途中，走過一條彎曲小道，兩旁立有各個著名角色的模型、小屋子、故事簡介等。波特迷還可以買到許多周邊產品如玩偶、文具及紀念品。

她一生扮演多重角色：插畫家、生物研究者、自然觀察家、養羊的農婦、律師的妻子，以及環保運動鬥士，爲她的家鄉——英國湖區全心的奉獻。而今「丘頂」尖尖的門廊下，一個世紀前她親手栽植的幾株粉紅玫瑰依舊綻放著，熱絡一如它的主人，彷彿在歡迎世人前來，一起走入奇妙的彼得兔世界。

丘頂
Hill Top

Near Sawrey
Ambleside, Cumbria LA22 0LF
U. K.

開放時間：
三月－五月：11am-4:30pm
六月－八月：10:30am-5pm
九月－十月：11am-4:30pm
僅在每周日至周三開放，免費入場，須事先預約
電話：(015394) 36269
傳真：(015394) 36118
網址：www.nationaltrust.com

碧翠絲．波特藝廊
Beatrice Potter Gallery

Main St.
Hawkshead, Cumbria LA22 0NS
U. K.

開放時間：
四月－十月底：周日至周三，10:20am-4:30pm
電話：(015394) 36355
傳真：(015394) 36118
網址：www.nationaltrust.com

碧翠絲．波特的世界
The World of Beatrice Potter

The Old Laundry
Crag Brow
Bowness-on-Windermere, Cumbria LA23 3BX
U. K.

開放時間：
夏季：10am-5:30pm
冬季：10am-4:30pm
聖誕節、元旦、1月8日至28日休館
電話：(015394) 88444
網址：www.hop-skip-jump.com

像一張揉掉的稿紙

張愛玲的上海居

（皇冠文化出版公司提供）

▲
▼

我是一個古怪的女孩，從小被目為天才，
除了發展我的天才外別無生存的目標。

Eileen

有人說：「有著這樣名字的女人豈能寫出好文章來？」其實她的本名叫張瑛，日後從英文名字「Eileen」改名爲張愛玲。

聰明機智成了習氣，也是一塊絆腳石

我最熟悉張愛玲的一張照片：她的臉呈45度仰角、一副孤標傲世的模樣。儘管我也喜歡張愛玲，更迷戀於她文字的魅力，但老實說，讀張愛玲的小說，字裡行間，總感覺到刺人的一絲絲冷流。

我覺得張愛玲從骨子裡對人生缺乏信任，也許是胡蘭成傷她太深，讓她再也無法對愛情投入、執著。

儘管她的文字眞好，可是感情卻冷，冷冰冰。像我這樣的女子，有著一顆熱騰騰的心，見著冷的人，即或欣賞，也不太敢靠近，張愛玲就是給我這種感覺。她的小說，藉那些看似聰明機靈也確實機靈精刮，刁鑽古怪，對現實看得透徹，卻無法擺脫命運捉弄的可憐可笑又可恨的人物，把人性剖析得過於眞實，呈現出看透人生之後的清醒和冷酷。許多細節描述，直擊女人的隱微心理，以至於失去了讀者想像中的浪漫。

看她一生苗條，不曾胖過，卻說別人：「不知聽多少胖人說過，她從前像我那年

一九五四年攝於香港蘭心照相館。三十年後，她在美國再睹此照時，情不自禁地題詩曰：悵望卅秋一灑淚，蕭條異代不同時。（皇冠文化出版公司提供）

紀的時候比我還要瘦——似乎預言將來我一定比她們還要胖。」

「女明星、女演員見我面總劈頭就說：『我也喜歡寫作，可惜太忙。』言外之意，似乎要不是忙著許多別的事情——如演戲——她們也可以成爲作家。」

她還形容女人嘴唇厚，切切一大盤。

孤島歲月，造就了她

人家說：蘇杭出美女。可是在我眼裡看來，上海出的美女更多；最起碼上海人多，可挑的人選相對也更多。

因爲上海隸屬國際性大都會，

歲  月

海陸空交通匯集點，各路人馬菁英無不在上海亮相，吸收了古今中外文化之薈萃，呈現多元的異國情調。上海女人的眼光被環境薰陶得自是與眾不同，氣質和打扮當然受到現代潮流的影響很大。人家說，三分長相，七分打扮，用來形容上海女人最恰當不過，我幾個上海來的女同學就是最好的例子。

對照著過去的上海——

一九三七年，日軍進兵華北，激起蘆溝橋七七事變，接著發動八一三淞滬戰爭，三個月後占領上海，謝晉元率領孤軍死守四行倉庫，得到租界居民的支持，英法租界當局宣布中立；直到四年後珍珠

港事變，租界才淪陷。其間有四年多，租界成了各方人物的避難孤島，抗日文化活躍一時。張愛玲的一個創作高潮就發生在這一段孤島歲月和之後的淪陷期間，滬上的繁華舊夢，上海特殊的文化風情，在她的墨水筆端留下。一九三九年二次世界大戰爆發，張愛玲進入香港大學文科。一九四一年底，珍珠港事變，香港淪陷，港大跟著停課。一九四二年夏，她又回到上海。這段經歷換來《傾城之戀》裡的一段經典名句：

「香港的陷落成全了她。但是在這不可理喻的世界裡，誰知道甚麼是因，甚麼是果？誰知道呢？也許就因爲要成全她，一個大都市傾覆了，成千上萬的人死去，成千上萬的人痛苦著，跟著是驚天動地的大改革……流蘇並不覺得她在歷史上的地位有甚麼微妙之點。」

孤島

半個世紀以來，這位才女一直以「傾城傾國」的姿態，活在無數張迷心中。而跟這個名字緊緊相連的，是這個城市——上海。只要把其中的「香港」改爲「上海」，「流蘇」改成「張愛玲」，是多麼的貼切啊！

上海故宅人已非

五月中旬，學校剛放暑假。我飛到上海找系上的一位女同學小芃，她回國探親前，熱絡地邀我去玩，還說要帶我去探訪張愛玲故居。

小芃是不折不扣的上海姑娘，在中國留學生圈子裡是出了名的小美人。那天，天氣其實還不怎麼熱，由她領著去逛上海的街道，無論我們走到哪裡，她那把小陽傘片刻不離身，只要太陽光照得到的地方，它像朵喇叭花似地無怨無尤擋在她與藍天之間，遇到騎樓或進入商店裡時，方才倏地凋謝下來。

尋訪張愛玲的故居要從她的祖母說起。身爲李鴻章的女兒，當年的嫁妝裡有一棟民國初年的大房子，鄰近蘇州河，即今天上海康定東路八十七弄的老宅子。一九二〇年九月三十日，張愛玲就在這房子裡出生。

我們沿著康定東路，走過八十七弄，果然看見一棟清末民初的仿西式紅磚大房子，房間多而深，地下室通氣孔呈圓形。一九三七年中學畢業，張愛玲與繼母發生口角，遭父親責打，並拘禁了半年。當年禁閉的那間屋子在一樓，如今是教室。從前，張愛玲的弟弟在這裡踢球，碎了一扇玻璃。

許多書把張愛玲住過的康定東路房子說成麥根路三一三號。爲什麼會有這樣的錯誤呢？根據《上海市路名大全》，康定東路建於一八六二年，當時就叫麥根路（泰興路）。

* * *

愛丁頓公寓的陽台是張愛玲觀察世界的門戶。（姜錫祥 攝）

愛丁頓公寓如今已改名常德公寓。（姜錫祥 攝）

再換個地方。今天的常德路、南京西路、愚園東路的交界處，有座常德公寓，如今已改名爲「愛丁頓公寓」，外觀斑駁老舊。這是張愛玲和姑姑住得最久的公寓，一九三九年在五十一室，一九四二年以後在六十五室。她們搬出去，又搬回來，可見對這個公寓很有感情。

愛丁頓公寓的陽台屬義大利風格，日間隨太陽移動，轉角處光影變化如舞台。她在書裡寫道：「臥室的小露台像『廬山一角』，又像『壺中天地』。」張愛玲生性孤僻，不喜歡應酬，公寓的陽台是她觀察世界的門戶。她在陽台上看熱鬧的哈同花園舉辦派對，看傭人提籃子買菜，看電車筐筐駛過。看夠了，她轉過身來，和姑姑閒聊。

卡爾登公寓如今已改名長江公寓。（姜錫祥 攝）

張愛玲完成她最著名的幾部小說《傾城之戀》、《沉香屑——第一爐香》、《沉香屑——第二爐香》、《金鎖記》、《封鎖》、《心經》、《花凋》，還有，與胡蘭成祕密結婚，這一切都發生在愛丁頓公寓裡。

一個夏日黃昏，在陽台上眺望滾滾紅塵的上海，天邊夕陽餘暉未盡，胡蘭成彷彿有預感：「時局不好，來日大難。」張愛玲聽了當場心震了一下。

* * *

到了一九五〇年代，張愛玲和姑姑遷入黃河路六十五號卡爾登公寓（今長江公寓）三〇一室。卡爾登公寓是一座英國風格的大房子，四扇搖門，絞鏈式電梯，歐式中庭花園。如同張愛玲過去住的地方，

在公寓的頂層有遠眺四方的大陽台。

卡爾登公寓附近是著名的商業中心南京路和跑馬總會，過去有很多館子、書店、戲院，還有妓院。這些市井生活是張愛玲寫俗世上海的移動饗宴。在這裡，她完成電影劇本《不了情》、《太太萬歲》，小說《十八春》、《小艾》。

* * *

我和小芃走著走著，南京路上有一段盡是高樓大廈，黃昏的夕陽由西斜射，陽光恰巧被樓層遮掉了。驀然間，卻聽見「啪」地一聲，花傘自動打開，將我們這位姑娘半個窈窕的身子罩在傘影中，我當場訝異道：「這裡沒有太陽啊，妳遮什麼？」

「瞧，這不是嗎？」她手指著地上，用那吳儂軟語對我說。

原來，路上的兩棟高樓沒有緊緊相連，中間有條窄窄的防火道，剛好露出「一線天」，看看地上，那陰影還不及我的手掌寬呢，我一踩就將它踩到了腳底下，哪曾留意到。

天啊！連這一丁點陽光都躲得緊，怪不得上海女人個個長得白皙皙的。唉！從今以後，別再怨我媽將我皮膚生得黑（雖然我一點也不黑），還是出門隨時帶把傘吧！先天雖然已經不良，可別放棄後天的保養，學學人家上海美女的榜樣！

許多年後，張愛玲回憶起在卡爾登公寓的日子，如同普魯斯特《追憶逝水年華》

是由食物的味道引起的——

「在上海我們家隔壁就是戰時天津新搬來的起士林咖啡館，每天黎明製麵包，拉起嗅覺的警報，一股噴香的浩然之氣破空而來……有一種方角德國麵包，外皮相當厚而脆，中心微濕，是普通麵包中的極品，與美國加了防腐劑的軟綿綿的枕頭麵包不可同日而語。我姑姑說可以不抹黃油，白吃。」

紙無處不在的紀念館

那麼今天，由誰來解讀張愛玲的生命傳奇呢？

二〇〇三年，一座以張愛玲爲名的紀念圖書館在上海徐家匯打浦路口舉行奠基儀式。在離開上海多年以後，張愛玲又重歸故里。紀念館的設計師是從台灣來上海十餘載，已成道地上海通的登琨豔。

爲何選擇張愛玲，而不是別的作家？登琨豔自有他的理由：「張愛玲是那個悲愴荒涼時代的獨行客，她是那麼喜歡世俗、喜歡熱鬧的人，但她自己卻又從不融進世俗的熱鬧裡去，她身在熱鬧的陰冷處，冷眼旁觀，記錄了那個年代的上海。我認爲她是最能代表老上海的作家。」

不過，從紀念館外觀及內裡的形式，可以看出設計師刻意暖化了張愛玲式的清冷

和孤寂，懷念和褪色的回憶，以樸素的方式迴繞其間。登琨豔說：「我不想簡單地表現張愛玲的生平或她的奇聞逸事，這是不重要的。我想在有限的空間裡，表達上個世紀的三四十年代、海派文化、女性、城市、東方和西方……希望喜歡張愛玲的讀者，在這裡能完成一次時空旅行。」

張愛玲紀念圖書館占地不到五千平方公尺，建築的外牆用東北的淺黃色山石疊砌而成。建築的左前方是階梯狀的禪杖坡，坡上生長一片江南常見、修長清雅的毛竹林，象徵張愛玲的東方情境；玻璃鋼製的圍牆透迤遊走在毛竹林間，毛竹是傳統造紙的原料。張愛玲的手稿將以電子掃描噴繪，重新印樣，字跡如行雲流水穿梭在人行步道竹林間；建築右前方是法國梧桐樹組成的林蔭大道，亦是老上海街道的一大特色。

登琨豔解釋：「在東方的竹林和西式風格的梧桐之間，就是張愛玲的文字。她本人，就是那個逝去的年代裡，東方與西方相互碰撞的一個絕佳的紀錄。」

因爲張愛玲的作家身分，紙的具象在紀念圖書館無處不在。在張愛玲那個時代，沒有電腦，更沒有網際網路，那是個文字離不開紙的時代，紙，也成爲建築語彙。所以登昆豔讓建築像一張自由自在的稿紙，不疊得整齊，而是隨作家心思四處飛揚，寫壞了句子，就隨手揉掉一張稿紙，任意拋丟在房間各處——實際上，整個館就像一張揉掉的稿紙。登琨豔認爲張愛玲是海派文化孕育出來的典型代表，於是，他把整個建築的造型設計成漢字的「孕」。

至於圖書館館名將由誰題寫，登琨豔表示：他們將在張愛玲的手稿中找出「張愛玲紀念圖書館」字樣，刻成館名。這樣，張愛玲就有可能成爲少數在死後給自己寫紀念館名的名人。這應該也合乎她不與人搭關係的個性。

紀念圖書館內收藏其畢生史料及手稿，各類形式的出版品、個人影像、圖檔，還有相關的電子媒體、文字影像、報導與評論。館內設有演講廳、傳統圖書館和電子圖書館，另有一個獨立的、開放式的畫廊、一個小小的露台咖啡吧、一個供演出用的小型戶外劇場。未來，這裡不僅是一代女作家的紀念館，也是新世代藝文表演的場所。

只是，我在想，向來獨行的她，家中除了一張床，空無一物。如果讓張愛玲自己做主，她會接受這樣一個紀念館嗎？有沒有人問過她？

也許她未曾眞正愛過

張愛玲在一九四四年與胡蘭成結爲夫妻。我讀胡蘭成《今生今世》，一九四七年，張愛玲寫給人在溫州的胡蘭成的最後一封信，一字一句，如雪似冰，看來無淚，卻是傷透了心：「我已經不喜歡你了，你是早已不喜歡我了的。這次的決心，我是經過一年半的長時間考慮的。你不要來尋我，即或寫信來，我亦是不看了的。」她是下

在旗袍外加了件浴衣，擺了個姿勢。（皇冠文化出版公司提供）

了決心要離開這個薄倖男，不留給他一絲轉寰的餘地，更不讓自己有後悔的空間。同年六月，兩人離異。

一九五六年，張愛玲獲美國新罕布夏州愛德華・麥道威爾基金會資助，在基金會莊園專事寫作。期間邂逅美國劇作家賴雅，並於八月結婚。

我很懷疑，一生中她是否曾經眞正愛過或被愛過。先是用情不專的胡蘭成，然後又是大她二十九歲，老得可當她父親的賴雅。這些愛，看來多麼不眞實。對於愛情，她的想法是何其悲觀啊：生於這世上，沒有一樣感情不是千瘡百孔的。

她在一九七二年移居洛杉磯，過著遺世獨立的生活，直到一九九五年九月八日中秋節與世告別，享年七十四歲。遺言簡單，一如其人：盡速火化，骨灰撒於空曠原野。

張愛玲這個人，我該如何形容她呢？就以這段話作爲結尾：生命以她自己獨特之姿舒展、綻放；人人可觀，無人可代言。

可是，有沒有人知道，張愛玲出門撐不撐傘？

我的愛人像朵紅紅的玫瑰

彭斯小屋

▲
▼

彭斯的詩在英語系國家可說是家喻戶曉，
連學習英語的外國學生也都熟悉他的名字。每年元月二十五日彭斯冥誕，
世界各地的蘇格蘭人爲了紀念他特別舉辦「彭斯之夜」，
朗讀他的不朽詩句。

Robert Burns

夏日時分，是眾學子紛紛踏出校門的季節。畢業，象徵著一段學習旅程的終止，也代表著另一段人生旅程即將展開。在這時節，就算你未曾聽過蘇格蘭詩人彭斯〈Robert Burns〉的名字，你也一定聽過這首歌，甚至你也唱過，根據他的一首詩改編的〈驪歌〉〈Auld Lang Syne〉。

Should auld acquaintance be forgot,
And never brought to mind?
Should auld acquaintance be forgot,
And days of auld lang syne?

故人是否就應該被遺忘，
永遠不會再想起？
故人是否就應該被遺忘，
遺忘昔日美好的時光？

這首歌原是蘇格蘭的新年歌曲，使用古蘇格蘭語，詞裡行間夾雜著人與時間的關聯，融合著慾望的記憶，當舊日友誼消逝，新的情感來臨。彭斯從民間採集而改寫的

綠草綿延覆蓋著緩緩起伏的山丘，綿羊漫步於彭斯的故鄉

一首詩，不知從何時起，成了世界各地的畢業紀念歌。

佃農之子，勞動出身

蘇格蘭在英國北部，穿過鄉間，田野一片連著一片，綠草綿延覆蓋著緩緩起伏的山丘，田野中或白或黑，像星星點點，那是綿羊群。

彭斯的家鄉在蘇格蘭的西南岸，我從格拉斯哥搭火車，約一個鐘頭抵達艾爾（Ayr）。彭斯廣場（Robert Burns Square）中央矗立著彭斯雕像，迎面看到我，他的眼睛彷彿無動於衷，卻從我的頭頂望過去，望著又高又遠的一個我什麼也

右圖：案頭上，紙、鵝毛筆、墨已布置妥當，然而詩人何在？
左圖：彭斯廣場中央矗立著彭斯雕像。

看不見的地方。周遭一片靜謐，人稀車少，想像這些馬路在十八世紀是小道，年輕詩人經常步行或騎馬經過。

秋初，蘇格蘭在這個時節，農事已竟，到處都能聞到乾草的氣味。石楠的花香在空中飄盪，向人的身上撲來，就像是撞到牆上，然後悄然盪開。

一七五九年，彭斯出生於蘇格蘭鄉下小城阿羅威（Alloway），小小的農舍，一直住到七歲。小屋是他父親所建，原有家具大部分仍保存至今。小屋的旁邊是彭斯紀念館，昏黃燈光照耀著壁架上的早期作品版本，紙頁泛黃的手稿，如蒙

彭斯出生的小屋。

上一層薄紗。

案頭上，紙、筆、墨已布置妥當，然而詩人何在？

彭斯出身佃農之家，他父親向別人承租大片農地，全家省吃儉用，好幾年沒吃過肉。一家大小在田裡勞動，彭斯成了耕田能手，會駕犁，能打穀，這種日子一直過到十六歲，大家因此稱他「農夫詩人」（The Ploughman Poet）。

採集鄉野傳說，改寫成詩歌

彭斯是多方面的天才，不僅創作詩，他也像德國的格林兄弟一樣，深入民間，採集古老而又新鮮的鄉野故事，經久耐唱的鄉間民謠，鮮活有趣的民間方言，經過他的吸收內化，改寫成人人都能朗朗上口的詩歌。

他以十八世紀的英文和傳統的蘇格蘭方言創作，題材多面向，包括情詩、敘事詩、風景詩……。他寫對一般人的頌辭，寫即興詩、諷刺詩。〈一朵紅紅的玫瑰〉（A Red, Red Rose），字字句句，熱情洋溢，情人之間經常引用，抄幾句寄給對方：

啊，我的愛人像朵紅紅的玫瑰，
　六月裡迎風初開；
啊，我的愛人像支甜甜的曲子，
　奏得合拍又和諧。

我的好姑娘，妳有多麼美，
　我的情也有多麼深。
我將永遠愛妳，親愛的，
　直到大海乾枯水流盡。

他愛蘇格蘭的山水、人物、習俗、傳說、民歌，爲了鼓舞蘇格蘭民心，提升民族地位，他在〈蘇格蘭人〉（Scots Wha' Hae）一詩中，不忘提及蘇格蘭歷史上的抗英英雄：

跟華萊士流過血的蘇格蘭人，
跟布魯斯作過戰的蘇格蘭人，
起來！倒在血泊裡也成——
　要不就奪取勝利！

他對受驚嚇的小鼠寄予同情，寫了一首吟動物詩〈寫給小鼠〉（To a Mouse），其中幾句非常有名：

人也罷，鼠也罷，最如意的安排
　也不免常出意外！
The best-laid schemes o' mice an' men
　Gang aft agley!

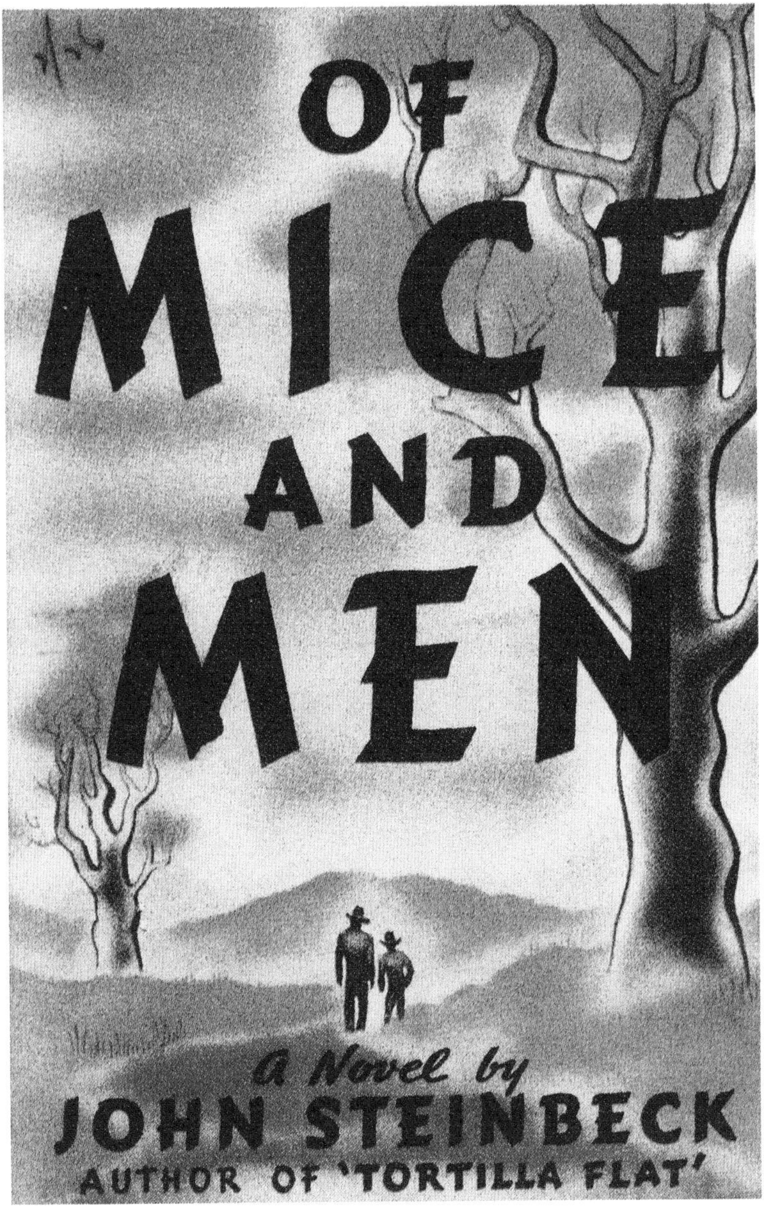

史坦貝克的《人鼠之間》借彭斯的詩當書名。

許多年以後，一九六二年諾貝爾文學獎得主約翰・史坦貝克（John Steinbeck, 1902-1968）借來當書名《人鼠之間》（*Of Mice and Men*），這是一部充滿悲憫人性的小說。

黃永玉與黃苗子的畫作

艾爾鎮上一家釀酒廠改造的旅店，內設彭斯博物館，參觀者進進出出。擦身而過的幾個蘇格蘭男子，我注意到他們全身傳統服飾裝扮，穿了短呢上衣，花格短裙，白色長統羊毛襪，其中一個在羊毛襪內插了一把短刀。

博物館內，長形木桌上、陳列櫃裡展出彭斯生前遺物，各國翻譯版本的詩集。突然眼前一亮，我猛然看到了中國著名畫家黃永玉所繪的彭斯畫像，還有書法家黃苗子根據〈我的心呀在高原〉一詩所畫的水墨畫，畫中意境一如詩：

再會吧，皚皚的高山，
再會吧，綠色的山谷和河灘，
再會吧，高聳的大樹，無盡的林濤，
再會吧，洶湧的急流，雷鳴的浪潮！

我雖然不認識黃苗子本人，但跟他卻有些淵源。幾年前，一個竹科朋友請他寫五個字，每個字僅有半個巴掌大：「一語動人心」。就五個毛筆字，潤筆費竟索價兩萬人民幣。當時是挪用我大陸的版稅，請北京的律師朋友專程送到朝陽門黃苗子家裡，他已年逾八十。後來朋友在台灣換了台幣給我。

一七八一年，二十二歲的彭斯來到艾爾鎮學理麻，這家理麻店雖然早已毀於祝融，但理麻的工具依然擺放在博物館內，供人憑弔。這是一個大鐵盤，上有一排像耙似的鐵刺，當年彭斯的工作就是拿一把亂麻在這排刺上來回移動，直到理乾淨爲止，便是一束整齊、乾淨的亞麻，可用來織布。每天理麻，來來回回，不知做了多少遍，這份勞力工作枯燥又辛苦。

因而，彭斯的詩並不總唱甜甜的歌，他是嘗遍人間疾苦的青年，看到人們的不幸。關於愛情，關於寂寞，關於家國，他自內心裡迸發出悲愴的呼喊：

殘月沉落白水中，
時間也隨我沉落，哦！

可以想像，這白水是如此的寒冷，時間也百般無奈，最後一聲「哦！」又蘊含著多少辛酸與痛楚。整首詩的韻律、形象、意義、感情和氣氛，讀後令人低迴不已。

風流與詩采譜一生

自一七八六年彭斯詩集出版後，他在一夕之間成為社會名流。

從現存畫像可看出，彭斯長得瀟灑俊俏，加上詩人風采，想必迷死了當時一票女人。關於他的浪漫事蹟特別多，風流羅曼史一直是蘇格蘭人的茶餘閒話。他第一次寫詩是在他還是個青澀少年時，寫的就是一首情詩〈漂亮的奈兒〉：

啊！我曾愛過一個美麗姑娘，
今天我依然愛她……

愛情和詩歌交織成一則迷人的彭斯傳奇，〈愛情與自由：大合唱〉宛如就是他自身的寫照：

詩人原是自由自在的風流客
酒神門下誰也不及他癲狂！

那些年頭，他的名氣響亮，認識了不少上流社會的名媛淑女，但在一七八八年，他卻娶了來自同一村子的珍・阿默爾（Jean Armour）爲妻，住在破舊的老農場裡。

自一七九一年起，他在丹佛利（Dumfries）擔任稅務員，這份穩定的工作讓全家足以溫飽。每個禮拜，他必須一個人騎馬來回奔波三百二十公里，沿途中他的情緒高昂，激發出詩思與靈感，又創作更多的作品。然而他的風流韻事依然不斷，據說一名丹佛利客棧老闆的姪女爲他懷孕，在生產時不幸過世。而他經常騎馬在雨中巡行，也因此勞累過度，得了風濕性心臟病。一七九六年，彭斯離開人世，年僅三十七。

彭斯之夜，紀念不朽的詩人

彭斯的詩在英語系國家可說是家喻戶曉，連學習英語的外國學生也都熟悉他的名字。每年元月二十五日彭斯冥誕，世界各地的蘇格蘭人爲了紀念他，特別舉辦「彭斯之夜」（Burns Night），朗讀他的不朽詩句。

1.彭斯之夜，一身傳統服飾打扮的蘇格佬正在切開哈吉斯。
2.熱騰騰的哈吉斯端上桌。
3.切開之後的哈吉斯。

❶

❷

彭斯所以在蘇格蘭擁有崇高的地位，一方面是他詩文才氣逼人，另一方面，在蘇格蘭處於被英國殲滅的危急時刻，他的作品振奮了人心，鼓舞了百姓。而他的作品在海外備受歡迎，尤其是俄國的彭斯之夜，眾人以伏特加互相敬酒，以示慶祝。而大陸的彭斯迷，近年也在北京舉行彭斯之夜，以中英文朗誦彭斯的詩。

每年彭斯之夜，依例年習俗，將熱騰騰的哈吉斯端上桌，晚餐伴隨著詩歌吟詠、奏樂以及彭斯的那首詩〈致哈吉斯〉（Address to the Haggis）揭開序幕。

「哈吉斯」（haggis），俗稱「肚

包羊雜」。有個蘇格蘭佬告訴我，哈吉斯的烹調方法如下：宰一頭小羊，把羊肚子裡的所有內臟取出，混雜一起，加入鹽巴、辣椒、蛋和洋蔥。接著放入大鍋裡，以熱火燉煮三至四小時，然後趁熱端上桌。

彭斯詩集精裝本封面。

兩百多年來，彭斯的名字始終未曾被遺忘，他的詩集不斷印行，他的歌曲至今在世界各地吟唱。這個活得不長、寫得不多的農夫詩人，他的精神影響力卻是無遠弗屆。詩人那熱情澎湃瑰麗的情感，感染著每一個讀者，年復一年，在彭斯之夜，在熱氣蒸騰的氛圍裡，眾人高聲唱一曲〈驪歌〉……

彭斯小屋
Burns Cottage

Alloway, KA7 4PY
Ayr
U. K.

開放時間：
四月－十月：9.30am-5.30pm
十一月－三月：
周一至周五，10am-5pm；
周日，12am-4pm
聖誕節、聖誕節隔日、元旦假期不開放
電話：（01292）441215
傳真：（01292）441750

不寫作，沒意思

最美麗的女作家杜茉莉兒

我對她這張臉太熟悉了，年輕時候她是個美人兒，
那美麗的雙眸隱藏著神祕，渺不可知。
若要我投票的話，我認爲杜茉莉兒是英美文學史上最美麗的女作家。

Daphne du Maurier

昨夜在夢裡，我又回到夢德列。我彷彿是站在通往車道的鐵門前，一時之間無法進去。門上有一把掛鎖和鍊條，我朝內呼喚，沒有人回應……驀然間，我好像得到了超自然的力量，像一縷遊魂般穿越了那道鐵門……

這段吊人胃口的開場白，由一個女聲輕柔夢囈般倒敘著，將故事緩緩鋪展開來，令讀者忍不住想再讀下去。

是的，這就是黛芬・杜茉莉兒（Daphne du Maurier）的著名小說《蝴蝶夢》（*Rebecca*）的開場白。一九四〇年代，大導演希區考克（Alfred Hitchcock）根據原著改拍成黑白電影，由勞倫斯・奧利佛（Laurence Olivier）及瓊・芳登（Joan Fontaine）主演，是懸疑電影的經典之作。在二十一世紀的今天，我又看了一遍《蝴蝶夢》，覺得它的情節步調雖不及現代電影那般緊湊刺激，然而它的唯美與精緻，步步爲營的懸疑感，是今天大卡司製作也望塵莫及的。當然，沒有杜茉莉兒的原著，怎拍得出這部電影呢？

牙買加旅店打尖

在英國旅行，就算我膽子夠大，打死我都不敢開車。

我們一行四人，在英國鄉間晃晃悠悠，多半是朋友們輪流開車。唉，我向來不是只愛享福、光把責任推到別人身上的那種女生，實在是無可奈何，誰叫英國是開左線道呢！若叫我握駕駛盤，不知不覺我就開到了右線道上，險象環生。我敢開，別人也不敢坐。

也許就是這樣，在車上閒著沒事，看風景，竟也看出意外的風景來。那日黃昏，

《蝴蝶夢》電影海報。

位處荒郊野外的牙買加旅店，因小說而成為傳奇景點。

牙買加旅店的標示：戴扁帽、繫紅巾的走私客。

天光漸斜，車子行至波德鳴荒原（Bodmin Moor），車窗晃動，暮色裡我突然發現了一個地方。

Jamaica Inn! That's Jamaica Inn! 我驚聲大叫了起來。

眾人隨著我的視線望去，在四周荒原之中，竟出現一座灰樸樸的荒郊野店，近看，路邊有座高高的標示，寫著：「牙買加旅店」，上面畫了一個戴扁帽、繫紅巾的「海盜」，其實是走私客。

他們知道我在說的是一本小說，非常有名的小說。即使沒看過，起碼也聽過一九三六年希區考

克執導的電影，由瑪琳・奧哈拉（Maureen O'Hara）擔任女主角；一九八二年重拍，女主角是珍・西摩兒（Jane Seymour）。當晚，四個疲倦的旅人決定在這家小旅店打尖。

走私客

一九三〇年一個寒冷陰森的夜晚，杜茉莉兒留在牙買加旅館過夜。風在外頭呼呼地吹，吹過人跡罕至的荒原。

一條枯枝影，青煙色的細瘦，在窗前拖過一筆畫；月光淡了，房裡漸暗……這時她忽生靈感：故事中的女孩叫瑪麗，她是個無父無母的孤女，隻身來到荒原投靠精神狀況不太穩定的姑姑，而她的姑丈白天經營牙買加旅店，晚上卻從事祕密走私的勾當……。

我們下車，踩過花崗石塊鋪成的前院。房子是石板砌的屋頂、低低的屋樑，秋日之霧繚繞，彷彿真有走私客隨時走進來。當年康瓦耳海岸的走私客多半不是暴力邪惡型，而是充滿狡滑鬥智。他們會做走私客也是形勢所逼，靠山吃山，這裡靠海，所以就只能幹這檔勾當了。

牙買加旅店建於一七五〇年，過去是來往驛馬車休息的客棧。在城與城之間趕路

康瓦耳海岸過去是走私客出沒的地方，也是《牙買加旅店》的靈感來源。

杜茉莉兒的父母亦是俊男美女。

杜茉莉兒愛吃的冰河牌薄荷糖。

的旅客走到這兒，周遭盡是渺無人跡的荒原，月黑風高，往前走恐有危險，而且也累了，不如歇一晚，在此打尖。

牙買加旅店位置偏僻，遠離人群。據估計，當年全英國半數的白蘭地和茶葉都是從康瓦耳一帶的海岸走私進來的。這裡附設一間博物館，書迷可重溫杜茉莉兒書中所描寫的走私客經驗，是全英國收集最多走私客物品的地方。

今天，像我們這樣的旅人可在旅店裡享用一頓熱餐，好好睡一覺。書迷可以在旅店的角落找到「杜茉莉兒房間」（Du Maurier Room），房內陳列她當年寫作用的書桌、打字機，生前最愛吃的冰河牌薄荷糖，杜茉莉兒家人的照片，包括祖父、父母親、丈夫及三個兒女。他們一家人都長得十分漂亮，男的俊，女的美。

我盯著牆上杜茉莉兒的照片，目光久久不願移開。看過關於她的兩本傳記，我對她這張臉太熟悉了，年輕時候她是個美人兒，那美麗的雙眸隱藏著神祕，渺不可知。若要我投票的話，我認爲杜茉莉兒是英美文學史上最美麗的女作家。

渴望「自我肯定」，追求「自我認知」

杜茉莉兒有著詩情畫意般的名字，而她本人也如其名，是典型的金髮碧眼美女，有良好的家世背景。祖父喬治乃當年《笨拙雜誌》（*Punch*）的漫畫家，出過幾本書。父親葛拉德是著名的演員經紀人，而母親則是風姿綽約的女演員。

按理說，像她這樣天生條件優異的女子，應該可以快快樂樂過一輩子，不必操任何心，也不必格外努力，就能擁有別人得不到的東西。然而她仍有著許多女人的直覺，那就是渴望「自我肯定」（**self-assertive**），追求「自我認知」（**self-identity**）。不管別人帶給她什麼，即使是最好的，她依然無法對自己產生信心。她深信，眞正的信心，不是來自別人，而是靠自己。有了自信心，有了自我肯定，對自我角色的認知，精神上才能得到眞正的快樂。

她的第一部長篇小說《愛之精神》（*The Loving Spirit*）出版於一九三一年，旋即

即使天生條件優異，杜茉莉兒仍渴望「自我肯定」，追求「自我認知」。

受到注目，當時年僅二十二。然而，書剛上市時，人們只把她看成是一個愛舞文弄墨的漂亮女孩，家世良好，卻沒有人把她當作眞正的作家。

儘管父母親都疼愛她，供給她過著優渥的生活，然而敏感的她仍察覺到雙親隱約的失望——她排行老二，不是他們一心盼望的兒子。從小，她就有恨不生爲男兒身的遺憾，她覺得很苦惱，大半時候總是在想著，到底自己該怎麼做才好？

在一篇少年小說裡，她描繪一個男孩：「他在追尋快樂，或類似快樂的某種東西。那東西，不知究竟在哪兒。當你正要觸著它時，它便倏忽溜走了。它向你招手，可是你卻怎麼搆也搆不著……我想，這個世界上大概沒有人能抓著那東西。」

懸疑小說的定義

幸好，杜茉莉兒在寫作中找到了寄託。

她將全副心思投注在創造人物角色，沉緬於編造的雲裡霧裡的故事裡。在她的經典名著《蝴蝶夢》中，她沒有爲女主角取名字，只給她第二任德溫特爾夫人的稱呼。從頭到尾，女主角一直在找尋屬於自己的幸福。

《蝴蝶夢》融合著所有精采小說的要素：鬧鬼的屋子、神祕感、暴力、謀殺、邪惡、熱情、縱火、流連忘返的景觀，還有閣樓裡的瘋女人。但這部小說不僅是流行羅

杜茉莉兒少女時代造訪過的「曼那柏利」，後來成為她寫小說的背景。

曼史，女性的自我意識也在字裡行間流竄。

杜茉莉兒童年曾在一座豪宅「密爾敦」（Milton）過夜，有座氣派的大門，許許多多的房間，僕從眾多，帶給杜茉莉兒無限遐思。另一座房子是她少女時代在康瓦耳郡造訪過的「曼那柏利」（Menabilly），一條長長的車道通往主屋，樹林環繞其間，遺世獨立，從這裡可遠眺大西洋——小說裡的「蔓德列」（Manderley）就是這兩座房子的綜合體，她以此爲背景，書中情節環繞著這座房子打轉，塑造出令人難以忘懷的文學意象。

《蝴蝶夢》不僅爲她帶來名氣，也給她帶來仰慕者，結果一個年輕俊拔的軍官菲德烈・布朗寧（Frederick Browning）把她杜茉莉兒郵票。

娶了回家。

除了《蝴蝶夢》，杜茉莉兒一生另寫了三十七本書，包括《牙買加旅店》（*Jamaica Inn*）、《法國人小溪》（*Frenchman's Creek*）及《瑞秋表姐》（*My Cousin Rachel*）等。《吹玻璃的人》（*The Glassblowers*）以她自己的家族故事爲背景，揭露成長過程的掙扎。希區考克獨鍾她故事中的懸疑氛圍，也挑了中篇小說《鳥》（*The Birds*）改拍成電影，敘述一個小鎮突然飛來成群結隊的海鳥，襲擊鎮民和小孩，造成一片恐慌。

「懸疑小說的定義爲何？」有人問她。

「懸疑小說的人物處於懷疑和神祕的狀態，在一個接一個出現的情境中，企圖摸索出一條正確的道路來。我們的現實生活也是如此，從童年至中年而老年，從喜悅至哀傷，人生就像一部懸疑小說。人們走在擺盪不定的路途上，不知終點究竟是哪裡。」

寫作的原動力來自內在

寫作的原動力來自內在。

她曾說過：「一個角色或一個主題的產生，有如種子在地底下萌牙……與每個人

的生活經驗習習相關。」一九九三年出版的《杜茉莉兒傳》裡，作者瑪格麗特．佛斯特（Margaret Forster）披露道：杜茉莉兒的一生猶如她筆下的女主角，走在同樣擺盪不定的路上，唯有在寫作中，她找到了心靈的撫慰及屬於自己的人生。

在她那個時代的作家寫的不外乎是戰爭、疏離、宗教、貧苦、社會主義、心理學和藝術，尤其意識流（stream of consciousness）一時風行，杜茉莉兒卻仍堅持傳統的寫實敘述法，她只想寫好看的故事，情節充滿愛情、夢幻，又帶幾分懸疑和冒險。

從文學史上的地位來看，杜茉莉兒的作品也許登不上偉大純文學的殿堂，我們更可以說她是英國的瓊瑤。我從前讀《庭院深深》、《月滿西樓》時，發現書中處處可見《蝴蝶夢》的影子。老實說，《庭院深深》的內容也滿像夏綠蒂．勃朗特的《簡愛》（*Jane Eyre*）。然而，大部分的愛情羅曼史只流行一時，《蝴蝶夢》卻細水長流，不僅拍成電影，前不久，我又在電視頻道看到新拍的《蝴蝶夢》電視劇。

《蝴蝶夢》出版多年以來，老有讀者問她：「爲什麼在書中，妳沒有爲第二任德溫特爾夫人取名字？」杜茉莉兒的答覆是，她在寫書的時候，一時想不起合適的名字，而沒有名字的女主角，對她的寫作技巧來說也是一大挑戰。全書寫的是「我」，一個孤零零的貧家女，沒有安全感、缺乏自信、不夠能幹，甚至也不怎麼迷人，這樣的女孩似乎平凡到連名字都是多餘的。誰知在旅途中遇到英俊多金的男主角，如童話般奇遇，一夕之間痲雀變鳳凰。然而，她住進古老且陰森森的華邸——夢德列，究竟是禍還是福？原來的女主人蕾貝卡（也是書名）彷彿鬼魅般，像是包圍了她，像是無所不在，而她一生所追求的單純幸福，到底是遠還是近？

《蝴蝶夢》的「我」，就是杜茉莉兒終生對「自我認知」和「自我肯定」的質疑。

杜茉莉兒在這座房子裡寫下《蝴蝶夢》。

她人生中最大的打擊來自一九六五年丈夫的死亡，難以言喻的傷痛陣陣襲來，起先她開始清理他的遺物，然後她穿上他的衣服，坐在他的書桌前，用他的筆回覆上千封慰問函。這樣做，只是想更接近他一點。而夜晚的來臨，是最難挨的時光。

杜茉莉兒死於一九八九年，享壽八十二。生前，她和丈夫、三個孩子住在一座七房華宅裡，定居在家鄉康瓦耳海岸，她的作品大部分都以此地爲背景。如今每年五月，康瓦耳郡特別舉辦杜茉莉兒文藝節以紀念她。

夜晚旅店窗外的冷風與幽暗，沒有月也沒有

杜茉莉兒可說是英美文學史上最美麗的女作家。

星。海岸似近又遠，浪濤依照自己深不可測的節拍，不動聲色地敲皮鼓，空洞的聲音迴盪在荒原裡。入睡前，我想到這位聲名享譽國際、作品暢銷將近五十年的美麗女作家，在外人眼中看來，可說是天生的好命，擁有美滿的家庭，知心的朋友，令人豔羨的一切。然而到了晚年，她依然如此說：「今生如果沒有寫作的話，這一切，就沒什麼意思！」

牙買加旅店
Jamaica Inn

Bolventor, Launceston
Cornwall, PL15 7TS
U.K.

開放時間：全年開放，除了聖誕節前夕＆聖誕節
電話：(01566) 86250
傳真：(01566) 86177

唱作俱佳的小說家

狄更斯故居

▲
▼

狄更斯是個超級自我推銷員，也是個偉大的表演家。
他是英國史上第一位在舞台上朗讀自己作品的小說家，
在英美等地公開表演「說書」，說他自己寫的故事，唱作俱佳。

Charles Dickens

有一年夏天來到波士頓卡波利廣場（Copley Square），在貝聿銘一九七六年設計的六十層摩天樓——約翰·漢考克大樓（John Hancock Tower）的對面，無意間走入一家迷你書專賣店。午後兩點半，應是正常營業時間，但店門卻鎖上，我按了鈴，門自動打開，讓人進去。

一時間，我以爲進入小人國，書店架上陳列的書籍，有的縮小如書籤，翻閱時要用指尖小心捏著；有的甚至小如豆子，要用放大鏡來看上頭密密麻麻的字。我一隻手就可以抓起一堆書，而每一本「迷你書」（miniature book）的價錢不菲，我終於弄明白店門所以要深鎖的理由。

然後，我又發現，這家書店裡陳列的也不全是迷你書，還有一些難得見到的善本書。我的目光四處搜尋，瞄到架上擱置一疊像雜誌合輯，用卷宗盒子裝的《荒涼之屋》（*Bleak House*）。我有點納悶，這是狄更斯的著作，一本書好好的，爲何硬要將它拆成薄薄的好幾冊？

這個疑問，直到後來造訪倫敦的狄更斯故居，我才得到答案。

狄更斯曾經住過這裡

一八三七年四月，狄更斯二十五歲，一家子搬進道提街四十八號，恰好是他娶了

狄更斯和兩個女兒。

狄更斯故居入口的綠色大門。（陳憲仁　攝）

凱薩琳滿周年，有個剛出生的兒子。

搬進去時，狄更斯沒什麼錢，在一八三九年十二月遷出時，手上已頗有積蓄，當然全是從版稅掙來的。狄更斯在這裡住了兩年八個月，生下兩個小孩，寫了七本書，有的在搬進以前就動筆，有的則到搬出去以後才完稿。道提街坐落於倫敦布魯斯貝里區（Bloomsbury），有一陣子，維吉尼亞・吳爾芙（Virginia Wolf）也住在此區，一票文人組成俱樂部「布魯斯貝里雅集」。

道提街從前是一條私人街道，出口兩端以鐵門深鎖。四十八號是

道提街的公寓呈長條狀，只有前後採光。（陳憲仁 攝）

這家店舖就是狄更斯筆下的《老古玩舖》。

小姨子瑪莉之死，啓發狄更斯寫出《老古玩舖》裡小妮兒死去的情節。

新婚時的凱薩琳是美麗的小婦人（左），對照中年發胖的怨婦模樣（右）。

座倫敦隨處可見的連棟公寓，有三層樓，呈長條狀的格局設計，缺點是只有前後採光。在寸土寸金的倫敦，除了豪門巨富，一般人多半都是住這種公寓，連福爾摩斯也是如此。

與他們合住的，除了兒子還有弟弟、小姨子瑪莉，據說這女孩敏感聰明，很能了解狄更斯的才氣，不像凱薩琳只懂得做賢妻良母。住進去的第二個月，瑪莉突然生病，死在狄更斯懷裡。瑪莉之死，啓發他寫出《老古玩舖》（*The Old Curiosity Shop*）裡小妮兒死去的情節。

許多讀者不知道，在那很少人

離婚的古早年代，狄更斯因與年紀足可當他女兒的女演員愛倫・特南（Ellen Ternan）來往密切，到晚年竟與妻子分道揚鑣。

狄更斯之夢和空的椅子

一樓是客廳，裝潢一如十九世紀中葉的中產階級住家。拾級上二樓，在樓梯轉角的牆間凸出一件雕塑，原來是《雙城記》（*A Tale of Two Cities*）書中拍賣場的手臂，緊握著一把木槌子。這本書的第一句話非常有名：「那是最好的時代，也是最壞的時代。」

二樓臨街是書房，擺一張大書桌，桌上擱著一把大剪刀。那個午後，在管理員不反對之下，我就在書桌前大方坐下，掏出筆記本，低頭在他的桌上寫起字來，一時之間，彷若時空交錯──他「寫書」的地方，現在輪到我來「書寫」。

狄更斯很喜歡剪報，無奇不有的社會新聞成了他的寫作材料。書房裡掛了兩幅畫，一張是主人已經離去的「空的椅子」（Empty Chair）；另一張則是「狄更斯之夢」（Dickens' Dream），狄更斯坐在案前打盹，畫面上布滿了他腦海中的人物角色，彷彿是他源源湧出的靈感。

洗滌房（Wash Room）在地下室，銅鍋裡可以燒熱水，供全家洗澡及其他用途。

1.女演員愛倫・特南的年紀足可當狄更斯的女兒，卻成為他們夫妻離婚的導火線。
2.成寒在書桌前坐下，掏出筆記本，低頭在狄更斯的桌上「書寫」起來。
3.《雙城記》中拍賣場的手臂壁飾，緊握著一把木槌子。（陳憲仁 攝）
4.主人已經離去的「空的椅子」。

右圖：「狄更斯之夢」描繪作家坐在案前打盹，畫面上布滿了他腦海中的人物角色。
左圖：洗滌房在地下室，銅鍋裡可以燒熱水，也可煮傳統布丁。

聖誕節時，他們把傳統布丁用布巾裹起來，在銅鍋裡煮熟。

故居在一九二三年面臨拆毀的命運，經過一九〇二年創立的狄更斯學社（Dickens Fellowship）奔走募款，把房子買了下來，重新整修，一九二五年成立「狄更斯故居紀念館」(Charles Dickens House Museum)，六月五日正式對外開放，造成萬人空巷。窗戶上方，紅磚外牆上釘了一面「藍標籤」——藍底白色的圓形匾額，寫著：「小說家狄更斯曾經住過這裡。」（Novelist Dickens 1812-1870 Lived Here.）

我去狄更斯家的那天，近午時

狄更斯家的紅磚外牆上釘了一面「藍標籤」，寫著：「小說家狄更斯曾經住過這裡。」（陳憲仁 攝）

▲狄更斯故居在一九二五年六月五日正式對外開放，造成萬人空巷。

◀道提街附近有郵政人員在罷工抗議。

分，道提街附近有郵政人員在罷工抗議，一個人靜靜站在那兒，不吵也不喊口號。我一時好奇，上前和他聊了幾分鐘，他很高興跟我說了些話，最後又加了一句：「小姐，妳有美國口音！」

故事雖虛構，情節卻眞實

狄更斯生於英國南部的樸茲茅斯（Portsmouth），死於肯特郡的蓋德山莊（Gad's Hill）。但他一生中的大部分時光在倫敦度過——住過三十二個不同的居所，唯有道提街故居保留至今。

他的童年快樂幸福，直到一八二三年，在樸茲茅斯海軍單位擔任辦事員的父親，因欠人債務被抓起來，關了半年。這時一個親戚過世，留下的遺產剛好夠還債，讓他父親出獄。

童年的貧苦影響他頗深，後來他藉著書中的人物道出：「每年收入二十鎊，支出十九鎊十九先令六便士，結局是快樂。每年收入二十鎊，支出二十鎊零六便士，下場是悲慘。」

狄更斯寫作，從故事開始，他的小說裡總是有精采的故事情節，鮮活的人物造型；故事雖是虛構的，但情節卻來自眞實的生活體驗。

一八五〇年出版的《塊肉餘生錄》（*David Copperfield*）有濃厚的自傳意味，以第一人稱的寫法，主角大衛．考柏菲爾就是狄更斯自己。小說中那個可憐的孩子在一家老鼠亂竄的酒瓶工廠做事，小狄更斯則在一家鞋油廠工作；大衛在酒瓶上面貼標籤，查理則在鞋油罐上貼標籤，每周

狄更斯筆下的貧民窟，擁擠不堪。

工資六先令。

一如海明威，狄更斯也做過記者。十六歲那年，他買了一本速記自學，一般人三年才能學會，狄更斯只花了三個月。然後他開始跑法院採訪新聞，筆跡猶如蚯蚓，速度超快，讓那些資深記者不得不佩服。

一八三三年狄更斯在雜誌上發表第一篇小說，以他弟弟的小名「波茲」（Boz）作筆名，很受讀者歡迎，三年後結集成書《波茲雜記》（*Sketches by Boz*）。

這會兒，出版社看出他的潛力，敦請他撰寫新作《皮克威克外傳》（*The Pickwick Papers*），以連載雜誌書的形式，分二十期發行，一推出就相當成功。書大賣特賣，他從記者一躍成爲知名作家，但他的記者本性絲毫未改，精力十足，把採訪的內容一

1.姑媽幫狄更斯作的畫像，當時他才十八歲，正在跑新聞。

2.（上圖）狄更斯的速記稿，筆跡猶如蚯蚓。（下圖）新秀作家狄更斯抱著忐忑不安的心情，到出版社投稿。

一融入小說情節。《尼克拉斯・尼克比》（*Nicholas Nickleby*）描寫英國私立學校的內幕，引起教育當局的關切，大力改革一番。一八四二年他到美國公開演講時，心直口快的他，也不忘抨擊美國的黑奴制度。

狄更斯不喜歡固定的風格，寫一成不變的東西，所以筆鋒一轉，從嘻笑怒罵的《皮克威克外傳》換成讀了令人心酸的《孤雛淚》（*Oliver Twist*）。

那年頭，沒有電影電視可看，大家沒事只好看書。狄更斯的名氣響遍大西洋兩岸、義大利、德國甚至澳洲，各地讀者爭相一讀他的作品。

讀者守在碼頭，爲了搶購新雜誌書

狄更斯當時是英國最具人氣的作家，他受歡迎的程度不下於電影明星。成群的美國讀者守候在港口，等待英國輪船運送剛出版的狄更斯雜誌書，一卸下船，就被搶購一空。

狄更斯邊寫邊登，連載期間，讀者的信函如雪片飛來，爲書中人物的命運求情，本來該死的卻讓他活下來，頗像今天的電視連續劇，劇情與結局隨著觀眾的意見改來改去。他們要求不要讓小妮兒死掉，狄更斯怕傷讀者的心，雖然最後她還是死了，可是拖了很久很久。

這張小立桌，可一手拎了就走，跟著狄更斯到處演講。

這位維多利亞時代的多產作家，是個超級自我推銷員，也是個偉大的表演家。狄更斯是英國史上第一位在舞台上朗讀自己作品的小說家，在英美等地公開表演「說書」，說他自己寫的故事，唱作俱佳，大受讀者的歡迎。一個個角色在他口中活了起來，彷彿眞有其人其事。讀者看他的書覺得過癮，聽他「說書」，更是如癡如醉。

他有一張小立桌，上鋪天鵝絨布，可一手拎了就走，跟著他到處演講，甚至帶到美國去。

《聖誕頌歌》製造聖誕節氣氛

史古居（Scrooge）在聖誕節

狄更斯故居的客廳。（狄更斯故居提供）

前夕受了感化，一掃以往吝嗇刻薄的作風，特地去買一隻肥火雞送給他的貧苦手下鮑伯・克雷斯契（**Bob Cratchit**）。這是《聖誕頌歌》（*A Christmas Carol*）的一段感人情節。

很多人相信，狄更斯在《聖誕頌歌》裡所營造的溫馨氣氛，影響了今天全世界慶祝聖誕節的方式。

而今，聖誕節期間，故居裡外刻意裝扮成狄更斯時期的格調，參觀者收比平常較高的入場費，每個人可嚐到一塊熱派，並來一杯狄更斯最愛喝的果子酒「抽煙的主教」（**Smoking Bishop**）。

直到今天，狄更斯的聲望絲毫

未減，這要歸功於影視界從沒忘記他，改編他的作品搬上大小螢幕，不計其數。如眾人所熟知的《塊肉餘生錄》、《雙城記》以及改編成電影，由伊森·霍克、葛妮絲·派特羅主演的《烈愛風雲》（*Great Expectations*）。每到聖誕節，英美電視台一定會爭相放映《聖誕頌歌》，以增加節慶氣氛。

狄更斯一生「多產」，發表約四百萬字的小說，篇幅最長的一部是《塊肉餘生錄》，全書逾三十五萬八千字；同時他共生了十個孩子，其中幾個以他喜歡的作家和詩人爲名，例如詩人丁尼生（Alfred Tennyson），小說家費爾汀（Henry Fielding）。

故居裡收藏狄更斯的部分手稿，我後來又到倫敦維多利亞與愛伯特博物館（Victoria and Albert Museum）看他的其他手稿，呈現了他在三十三年間寫作風格的迭變，同時也展示狄更斯當年的寫作工具，用的不是現在的原子筆或鋼筆，更別提電腦了，他用的是鵝毛筆。從字跡大小可以看出不同鵝毛筆的款式，以及墨水的沿革。

狄更斯的每一部小說都像是一部偉大著作的不同章節，在他死之際才劃下句點。一八七〇年六月九日晚間，他在餐椅上倒了下來，享年五十八歲，最後一部作品《艾德溫·德魯德之謎》（*The Mystery of Edwin Drood*）尚未完稿。

狄更斯身後，安置於西敏寺的詩人角（Poet's Corner），殊榮猶如安葬偉人烈士的忠烈祠。

狄更斯書房裡擺的半身像、鵝毛筆、一堆書和手稿。

狄更斯故居全貌。

狄更斯發明倫敦的霧

狄更斯不僅創造了小說人物，倫敦的霧也可以說是他創造的。愛爾蘭劇作家王爾德（Oscar Wilde）開玩笑說：「倫敦本來沒有霧，倫敦的霧是狄更斯發明的。」透過狄更斯的生動描繪，倫敦的人和地方顯現在我們眼前：「在街頭的各處，燈光從霧中隱約出現，大多數的店鋪比平常提前兩小時點起燈來。」倫敦到處有以狄更斯筆下人物命名的街道，如考柏菲爾、史蒂福（Steerforth）等等，紀念偉大作家所創造的不朽角色。

胖胖的皮克威克正從道提街八十四號走出來。

離開狄更斯故居，我們拐進英格蘭銀行附近的一條窄巷裡，推開了喬治和兀鷹酒館（The George and Vulture）的門。喬治和兀鷹要算是倫敦最古老的一家酒館了，觸入眼簾，彷若是十九世紀的情景：掛勾上吊著圓頂高帽和黑雨傘；白鐵製的大酒杯，上面有把手和絞鍊開閉的蓋子；古老的烤架上，牛排和肋排烤得嗤嗤作響。可是，這家酒館最著名的一位顧客，肥肥胖胖、戴眼鏡的皮克威克先生卻不在了——他根本從來不曾存在過，只存在《皮克威克外傳》一書裡。

我記起十七歲那年，一時發奮狂唸英文，買下台灣市面上所能找到的大部分英語有聲書，錄音帶數百捲，其中七八種是狄更斯的簡易版小說，故事好聽，一聽就上了癮。我一口氣聽完，發現英文竟然很簡單，可以聽聽就會——我的托福聽力考了滿分。也許應該要感謝狄更斯，把我早已絕望的英文給救活了起來。

狄更斯故居紀念館
Charles Dickens House Museum

48 Doughty Street,
London WC1N 2LX
U. K.

開放時間：
周一－周六：10am-5pm
周二：10am-7pm
周日：11am-5pm
電話：(020) 7405 2127
傳真：(020) 7831 5175

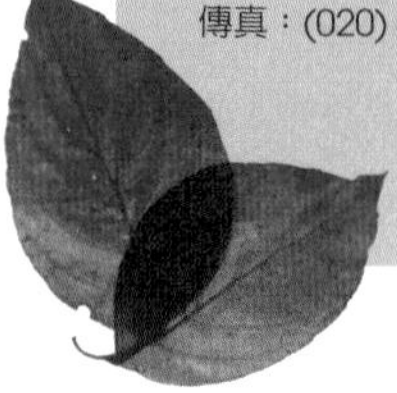

來到果園屋，探訪小婦人

奧爾科特故居

▲
▼

不管在什麼年齡閱讀《小婦人》，這本書總會帶給讀者溫馨與感動。
作者路薏莎・奧爾科特以自己的家庭作故事架構，
四姊妹為主角人物，背景就設在這座十八世紀的老房子「果園屋」裡。

Louisa May Alcott

你曾經有過作家夢嗎？我在麻州劍橋待了一年，那時剛從研究所畢業，申請一年「實習」（practical training），卻什麼事也沒做，一生中唯一閒閒的一段時光。

那段日子，那份悠閒，漸從記憶中淡忘。直到不久前，我與時報出版公司總編輯林馨琴一塊兒用餐，她看著我，突然想起什麼似的問我：「妳是不是在劍橋待過？」她說有一年她在劍橋碰到一個女生，自稱什麼事也沒做，只是寫稿、閒閒過日子。

我點點頭，笑了，那個有過作家夢的女生就是我。雖然我一點也記不起曾經見過她，好久以前。

從小就有作家夢

康考特（Concord）位於美國麻州，它是一條河，也是一個小鎮的名字。

路薏莎・梅・奧爾科特（Louisa May Alcott）從小就有作家夢，這個夢由康考特開始。康考特是個好地方，在十九世紀出過好幾個美國經典文學創作者：哲理散文家愛默森、寫《湖濱散記》（*Walden Pond*）的梭羅、以《紅字》（*The Scarlet Letter*）出名的霍桑，他們長年定居小鎮，與路薏莎的父親布朗森時相往來。家中客廳文人滿座，小小年紀的路薏莎鑽入愛默森的書房，漫遊浩瀚書海；偶或，她跟著梭羅一起探索大自然。長年接觸文人之風，她怎不夢想著長大以後當作家呢？

劍橋一年，我曾經一扇一扇推開新英格蘭區（New England）大部分文學家的門，造訪過詩人朗費羅的華邸、佛洛斯特的農舍、愛默森故居、梭羅的小木屋、霍桑的七角樓、「路邊居」、老牧師宅，最後來到的地方就是路薏莎・奧爾科特的家——「果園屋」（Orchard House）。

梭羅速寫畫。

▲果園屋的標示。

◀路薏莎寫《小婦人》時所住的房子——果園屋。

她自己的房間

一來到「果園屋」的牌子底下，遠遠的，咖啡色的木房子在望。我朝那方向行去，穿過空盪寂靜的庭園，在門前停下腳步，屋有兩層半，其中半層是閣樓。

我看到門上一則標示，寫著：「眞正的天才是無限的耐心。」可不是嗎？若沒有耐心去學習，去發揮，天才就只是半吊子，成不了氣候。

房子周遭有大片蘋果園環繞，這就是「果園屋」的名字由來。木造的屋子，有十二個房間，今天的外觀一如從前，室內家具陳設亦如

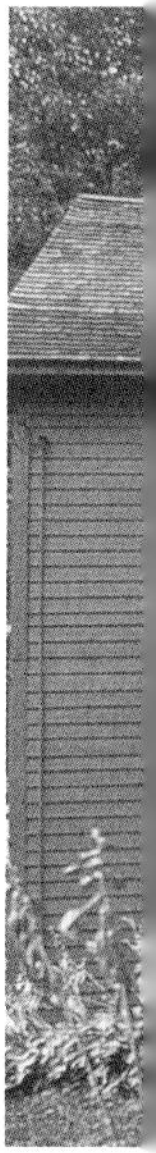

往昔路薏莎住的時候。她在這裡寫下經典名著《小婦人》（*Little Women*）。

女作家都想要有一個屬於自己的房間，一個人獨處，發洩情緒，讓想像力馳騁，路薏莎也不例外。她的房間一角，可以看到當年父親爲女兒打造的半月形桌，她伏案寫下《小婦人》，而今桌子上方的架上陳列一整排《小婦人》的各國譯本。

哲學家父親，不事生產

她們的父親布朗森・奧爾科特（**Bronson Alcott**）是個夢想家、哲學家、作家及教育家。以哲學的說法，他是一個「超驗主義者」或「先驗主義者」，他的夢想是建構一個烏托邦世界，成員不食肉，不飲酒，吃有機食物，據說他還只吃「上進」的菜蔬——就是朝上長而不是鑽入地下的那些菜蔬。他們也反對穿皮草，把全副心思投注在人文哲學的思考。一八八〇年起，布朗森在果園屋後院創辦一所康考特哲學學院，原址至今依然存在。每逢夏季，康考特鎮在此舉辦開放論壇，供民眾自由參加。

有人認爲布朗森智慧過人，也有人覺得他只會建造空中樓閣，情願「一貧如洗，無憂無慮」，這句話是他自己講的，由女兒和太太一手挑起養家的責任。路薏莎的母親是當年全美極少數的女性社工員。當年學院失敗的原因，一部分是他的理論過於激進，引起人們反彈，然而以今天的眼光來看，那些理論其實並沒有那麼極端。

十九世紀的女性，不時興拋頭露面，工作機會少之又少，路薏莎算是夠能幹的。爲了讓她所熱愛的家人個個溫飽，過好日子，她把當時女性能做的全都嘗試過了：教師、護士、幫佣、裁縫，最後決定做她最拿手的一行——寫作。

左右開弓寫小說

路薏莎一八三二年十一月二十九日生於賓州，她很早就識字，每天寫日記，十三歲立志當作家。

可是，當初她開始寫作是爲了生活。

路薏莎發現寫作這條路既有稿費可領，又可滿足發表慾，她用不同的筆名，在流行雜誌上發表詩和短篇小說。

爲何用筆名呢？因爲在十九世紀的社會，觀念封閉，女權低落，路薏莎只好刻意隱藏女性的身分，唯恐別人知道她是個作家。而且她也顧忌到自己寫作的短篇小說，爲了投流行雜誌之所好，她寫了許多

路薏莎的父親在果園屋創辦「哲學學院」，招收學生，男女不分。

今天的「哲學學院」外觀一如往昔。

Writers' Houses

上圖：哲學學院當年上課的情景。
下圖：今天哲學學院空蕩蕩的教室。

右圖：路薏莎拼命寫作，左右開弓在紙上寫。右手寫累了，就換左手。

左圖：初版《小婦人》在一八六八年十月問世。

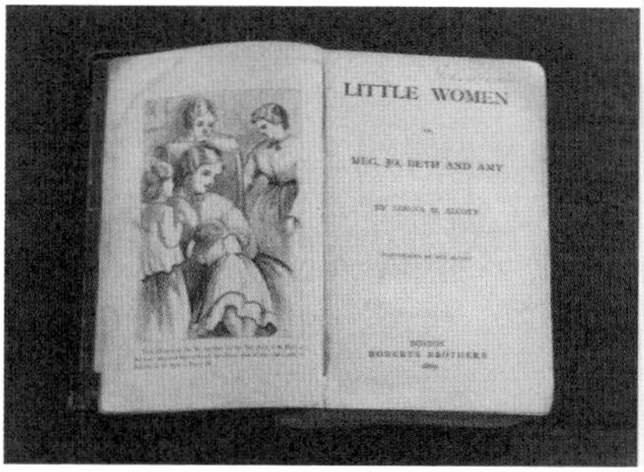

關於謀殺、暴力、煽情的內容，可是，她又很在意別人會嘲笑自己的作品，認爲她的東西沒什麼水準，一如《小婦人》書中，喬很擔心父親會認爲她寫的是一堆「垃圾」。

她寫得非常勤快，每天拼命的寫，而且能夠左右開弓在紙上寫，右手寫累了，就換左手來寫。

路薏莎在一八五四年出版處女作，一本童話故事《花的寓言》（*Flower Fables*），年方二十二。一八六三年，又以在南北戰爭時期自願擔任護士的經驗，寫成《醫院速寫》（*Hospital Sketches*）一書。

有一天，幫她出書的出版社發行人建議她寫一本給小女孩看的書。起初她反對，理由是除了自家姊妹，她所認識的女孩並不多。但她構思一陣子，決定以自己的家庭作架構，講自己家的事，講她自己，以四姊妹和她們叫做「媽咪」的慈母爲主角，背景即設在這座十八世紀的老房子——果園屋。只有父親的角色改了，從一個終日在虛無縹渺間的哲人改爲南北戰爭裡的一個隨軍牧師。

一八六八年間，路薏莎開始動筆，從夏初五月寫至盛夏七月。當年十月《小婦人》問世，初版，再版，一版版的印行，她終於嘗到成名的滋味。第二年又出了續集。這時候的她，無論寫什麼都有人刊登，求稿的人多得使她應接不暇。

帶給讀者溫馨與感動

不管在什麼年齡閱讀《小婦人》，這本書總會帶給讀者「溫馨」與「感動」。全書以美國南北戰爭時代爲背景，敘述馬奇家的四個女兒的成長過程，從父母疼愛的童年到情竇初開的少女，結婚、生子以至失去手足的悲痛，歷經人生的各個階段。她們的母親身兼父職，教育女兒可貴的價值觀及內在品德的重要，培養女兒高雅的氣質及圓融的智慧。

小說有如眞實人生，也有杜撰虛構。

我十三歲那年，一個人跑去新竹國民戲院看老片子《小婦人》。印象最深刻的一

電影《小婦人》中的伊麗莎白・泰勒。

《小婦人》書中愛漂亮的艾美，為了讓鼻子更高挺，她用衣夾子夾著鼻子睡覺。

幕是，演艾美的伊麗莎白・泰勒（Elizabeth Taylor）愛漂亮，爲了讓鼻子更高挺，用衣夾子夾住鼻子睡覺。而我覺得，伊麗莎白・泰勒已經夠美，哪還需要夾鼻子呢。

奧爾科特家有四個姊妹，小說裡也有四個女兒：老大安娜很喜歡演戲，一如小說裡的梅格；老二路薏莎熱愛寫作，活潑好動像個男孩，如同小說中的喬；梅愛藝術、擅繪畫，就像書裡的艾美；老么伊莉莎白和貝絲一樣會彈鋼琴，最後也都死於猩紅熱。喬的教授丈夫則綜合愛默森及路薏莎的父親爲樣本。

廚房是家的重心

有讀者問，爲什麼路薏莎能夠寫出如此溫馨感人的作品？那是因爲作者來自一個溫馨的家庭。父母親感情很好，姊妹之間也很親近，家庭和樂，是這一家的生活寫照。

以廚房來說，這是他們家的生活重心。「我們家的哲學不在書房，大部分是在廚房裡。」路薏莎在日記裡寫道。

《小婦人》書中有張插圖，祖孫倆仰躺於地，雙腳伸出，拼成一個「W」字母，靈感得自布朗森，他總是有源源不絕的創意，他的點子也表現在廚房裡。

《小婦人》的書中插畫呈現一家和樂幸福。

以維多利亞時代的標準來看，他們家的廚房顯然進步多了，處處可見布朗森的創

1.《小婦人》書中有張插圖，祖孫倆仰躺於地，雙腳伸出，拼成一個“W”字母，靈感得自布朗森，他總是有源源不絕的創意。

2.路薏莎閱讀時的神情。

意。門扉故意動了手腳，當人走進以後會自動關上，在新英格蘭天寒地凍的季節裡，既方便出入，又可避免室內暖氣流失。在鑄鐵火爐邊，布朗森搭一梯架，可一邊取暖，同時烘乾衣物。廚房裡有座方形大洗碗槽，是路薏莎用稿費買給母親的。

房子的各個角落，梅的藝術才華隨處可見。樓上她自己的房間裡，牆壁、窗框和門上盡是她所繪的聖母、女神及天使像，還有一幅小小的自畫像。路薏莎的臥房牆壁

上圖：路薏莎的臥房牆壁上掛有一幅貓頭鷹水彩畫，是妹妹梅所繪。
下圖：「心情枕頭」立起來，表示她今天心情好；如果枕頭平放，表示她心情不佳。

上掛有一幅貓頭鷹水彩畫，也是梅的傑作。

樓下，右邊是客廳，左邊是父親的書房。四個女兒常把客廳當成表演廳，由路薏莎編故事。路薏莎在客廳的沙發上擺一只「心情枕頭」，如果枕頭立起來，表示她今天心情好；如果枕頭平放，代表她心情不佳，家人都很識相，不敢打擾她。餐室裡擺一台風琴，角落裡一口打開的皮箱，戲服疊了一件又一件。當夜幕降臨，在幽微的燭光下，四個女孩又唱又演，化身爲中世紀浪漫的皇后、騎士，忘掉俗世的煩憂……

她成名時已是個中老小姐，當渴望一見廬山眞面目的年輕男子，很坦白地表示失望說：「我以爲妳長得很漂亮！」路薏莎自己笑得比誰都厲害。

在那年頭，路薏莎可說是走在時代的尖端，當女人最終的命運是步入婚姻，她卻選擇不婚。

終生寫作，寫作，寫作

對路薏莎來說，生活就是寫作。她終生寫作，寫作，寫作。

奧爾科特一家遷入果園屋是在一八五八年，路薏莎二十六歲，住了十九個年頭，直到一八七七年才遷出。

她一生共寫了三十多本書。一八八八年三月六日溘然而逝，享年五十六，長眠於康考特的沉睡谷墓園，伴她左右的是父親以及梭羅、愛默森和霍桑等人。

那年五月初造訪果園屋，當月下旬我回到台灣，結束多年的唸書生涯。劍橋一年，我寫了一生中最多的文章，曾入圍某報文學獎，也去過許多作家的屋子。

果園屋
Orchard House

399 Lexington Road
PO Box 343 Concord
MA 01742-0343
U. S. A.

開放時間：
四月－十月：
周一至周六，10am-4:30pm；
周日，1pm-4:30pm
十一月－三月：
周一至周五，11am-3pm；
周六，10am-4:30pm；
周日，1pm-4:30pm
復活節、感恩節、聖誕節、元旦至十五日不開放
電話：（978）3694118
傳真：（978）3691367
網址：http://www.louisamay-alcott.org

老牧師宅

一座房子，兩個大作家住過

書房裡三扇窗。兩扇朝西，在柳絲掩映之間，可以望見園內的果樹，果樹外隱隱約約可以看見河。

Nathaniel Hawthorne

霍桑CD書，收錄有他的十部最著名作品。

聖誕節前夕，朋友送我一張霍桑CD書，薄薄的一片，不是音樂，也非有聲書，而是把霍桑最著名的十部作品收錄於內。我就在電腦螢幕上，把霍桑的電子書一幕一幕看完了。倘若沒有讀過他的小說雜文集《古屋苔痕》（*Mosses from an Old Manse*），我可能不會知道這座像隱士草廬般枯寂的老宅，更別說去推開它的門了。

如此僻靜，正是適合牧師的住宅。

苔蘚斑痕的老宅

這座老宅一如往昔，一七六五年剛落成的模樣，雙層，外加閣樓。一條大路，兩旁白蠟樹成林，路盡頭可以望見老牧師宅的灰色外觀，路口園門不知在哪一年掉下來了，可是兩座粗石雕成的門柱猶巍然矗立著。

這裡環境清幽，一片靜穆，即使汽車駛過，也像是模模糊糊，隔了一個世界，不足以擾亂宅內的寧靜。這樣一個地方，離開村子不遠，又如此僻靜，正是適合牧師的住宅。

建造這座房子的是牧師，以後搬來的也是牧師。自從一八四二年新婚的霍桑夫婦搬進來後，屋主才換了身分。霍桑寫道：

牧師在這條林蔭道上無疑地徘徊躑躅了不知多少回。在他低頭沉思的時候，林間樹梢，風聲時而竊竊太息，時而喑咽咆哮。頭頂上的樹枝交叉，茂盛深邃，抬頭望去，裡面似乎不單是悉索作響的樹葉，

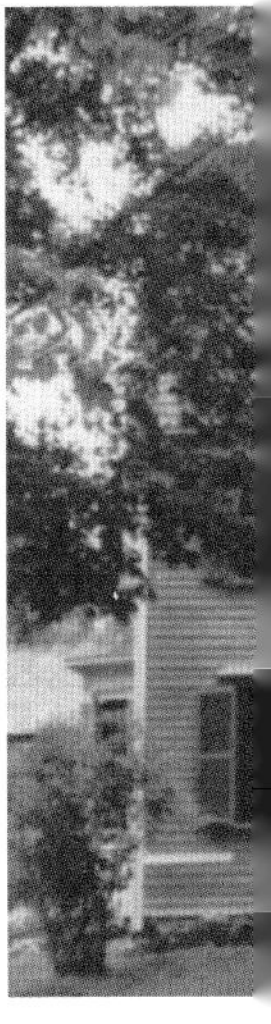

▶灰色的老牧師宅，先後有愛默森、霍桑住過。

▲老牧師宅周圍以石塊堆壘而成的矮牆。

還有深遠的思想。

此時的霍桑不算是成功的作家，感嘆自己一向所寫的都是無聊的故事，連長篇小說也沒有寫，沒有一部眞正可以站得住腳的著作，當黃葉落下，他希望天上的智慧也會降落到他的頭上。普通蘚苔繁生的老宅，總有人去裡面尋找失落的寶藏。霍桑也希望在這裡能夠發掘到智慧的寶藏。這一年，他開始寫《古屋苔痕》。

書房玻璃上的刻字

老牧師宅的南側花園是梭羅親手種植給霍桑和蘇菲亞，當作結婚禮物。宅的後面，有一間小巧的書房。有了這樣理想的環境，霍桑覺得更應該努力實現他的寫作計畫，沒有任何拖延的藉口了。好些年前，大文豪愛默森也曾在老牧師宅住過，事實上，當初就是他的祖父威廉・愛默森（William Emerson）牧師於一七六五年建了這座房子。一八三四年，愛默森與母親遷入，他那時年紀輕，在這間書房完成了第一部著作《大自然》（*Nature*），一年後他結婚，搬了出去。

今天的書房，牆上掛有一幅一八五九年愛默森的石版肖像畫，而另一面牆上，也掛著霍桑一八四六年的蠟筆肖像畫。

當霍桑第一次踏進這間書房，只見歷年的煤煙，已經把牆壁燻得烏黑，周圍掛滿

上圖：住在老牧師宅時期的愛默森，當時年紀輕，寫下第一部著作《大自然》。

下圖：蘇菲亞天性活潑，霍桑娶了她，婚姻生活十分幸福。

了清教徒牧師的畫像。他把這些畫像全撤走，小小書房於是煥然一新。當年用煤爐取暖，如今自然是用暖氣了。

書房裡三扇窗。兩扇朝西，在柳絲掩映之間，可以望見園內的果樹，果樹外隱隱約約可以看見河。另外一扇朝北，視野比較寬闊，可以看河清清楚楚。窗外垂柳拂簷，下午西沉的太陽，掩映在柳絲之間，更覺悅目。

而今，這棵柳樹早已不存在。

文靜的霍桑娶了活潑的蘇菲亞，這對生活幸福的夫妻倆閒著沒事，用蘇菲亞的結婚鑽戒玩遊戲，在書房的玻璃窗上刻字：

霍桑／這是他的書房／一八四三年（Nath Hawthorne / This is his study / 1843）

人的意外乃上帝的安排／蘇菲亞・霍桑／一八四三年（Man's accidents are God's purposes / Sophia A. Hawthorne / 1843）

這個「意外」，可能是指蘇菲亞流產一事。

北窗外是古戰場

穿小鎮而過的這條河，名「康考特」，本有和平安靜之意，果然河流遲緩，靜靜的在不知不覺中注入大海。這條河上流下流，找不到一條發金光的沙灘，或一處堆滿鵝卵石耀眼的河岸。霍桑形容這條河：是一條睡意朦朧的河流。只是在左右兩大塊草原之間打瞌睡，吻著草原上的長草，洗滌著柳枝和接骨木的垂條，滋潤著榆樹、白蠟和楓樹的老根。

北窗外是美國獨立軍和英軍打過仗的地方。一七七五年四月十九日，美國獨立革命在此發射第一槍，震驚全世界，當年艾默森的祖父一家人在窗口親眼目睹這場戰爭。一到夏天，常有遊客來參觀古戰場。那座北橋（North Bridge）是一九五六年重新搭建的，搭回過去的樣子。

北橋是木頭搭的，橋面很窄。雄二、北京女孩和我走過，三個人幾乎占了半個橋面。那一回，正在國家衛生研究院作博士後研究的北京女孩，迢迢開車到劍橋找雄

霍桑形容康考特河是一條睡意朦朧的河流，洗滌著柳枝和接骨木的垂條，滋潤著榆樹、白蠟和楓樹的老根。

Writers' Houses

1. 《小婦人》作者的妹妹梅・奧爾科特為老牧師宅作的速寫畫。
2. 成寒站在北橋上。
3. 北京女孩寫的貓熊特稿及攝影刊在這一期的《國家地理雜誌》。

二。他帶她到處玩，把我也拉作陪客，在新格蘭一帶玩，一路玩到了康考特附近。

這女孩是北大生物學博士，年未滿三十。唸書期間，一邊在北大附設的生物實驗室工作，以她的學術實力和管理手法很快晉升至副主任的位置，可說是大陸生物學界的女強人。

「我看她，說不定是未來的諾貝爾獎得主，等著瞧吧！」雄二很有信心。

女孩研究的是稀有動物——貓熊，全世界只有亞洲出產，獨一無二，將來她肯定是這一專業的權威。有一次，美國《國家地理雜誌》邀她寫特稿，人家事先幫她準備好一台Nikon相機，幾捲底片，讓她上山拍貓熊生態。拍完，人家還幫她沖洗照片。

那篇短文不過兩頁，列爲封面故事（cover story），《國家地理雜誌》還付給了她一萬多美金的稿費，天呀，眞是一字千金，這是我聽說過最高的稿酬！

閣樓的角落

起初，霍桑對老牧師宅的內部也不大清楚，直到有回連日的陰雨，不能出門，他的心才能夠在屋子住定下來。雨天裡，他躲到閣樓上去消磨光陰。

閣樓很大，頂作拱形，小窗子上堆滿了灰塵，即使在頂好的天氣，閣樓內部也是暗沉沉。閣樓的四處角落裡，更幽暗如山洞，裡面藏些什麼祕密，無從知曉，誰也不敢去驚動層層密密的塵埃和蛛網。屋頂上的樑和椽都是很粗糙的木頭，表面的樹皮沒有刮去。煙囪在閣樓中穿過，整個閣樓看來像是原始野人所居。

閣樓的一部分是小臥室，牆壁刷白，取名「慕聖齋」，那些年輕牧師就睡在那裡，讀書禱告都在裡面。那裡形勢既高，位置又僻靜，窗子只有一扇，火爐很小，壁櫥恰巧可供祈禱之用。

新英格蘭區，凡是上了年代的老宅，似乎總是鬼影幢幢，不清不白。霍桑住在老牧師宅裡，他老覺得家中的那個鬼，常常在客廳的某個角落喟然長嘆；有時也翻弄紙張，簌簌作響。當月光穿東窗而入，夜明如晝，而鬼的身形總不得見。深更半夜，霍桑又聽見「鬼女僕」在廚房裡忙碌，磨咖啡、煮東西、燙衣服，忙了半夜，第二天早晨卻是什麼痕跡都沒有留下。

四年後，霍桑和蘇菲亞搬離老牧師宅，一八四六年到歇冷（Salem）海關工作，又過了幾年，他寫下讓他在文壇上永垂不朽的經典名著《紅字》。

老牧師宅
The Old Manse

269 Monument Street
Concord, MA 01742
U. S. A.

開放時間：
四月中旬至十月三十一日：
周一至周六，10am-5pm
周日及假日，12noon-5pm
專人導覽，入場免費
電話：(978) 369-3909

康考特一哲人

愛默森故居

▲
▼

愛默森的一字一句都值得反覆思考，一再玩味。
若一口氣看，恐怕頭腦會吃不消。最好的方法是，每次不要多唸，
只隨意翻閱幾頁，然後閉目思索，或朗誦給朋友聽。

Ralph Waldo Emerson

一天之內，拜訪五座文人故居，有可能嗎？

當然，若在康考特，就有這個可能。

在哈佛唸書的朋友看地圖，仔細規畫了一條文學之旅路線：一大早從劍橋出發，約四十分鐘後來到康考特，先繞華爾騰池一圈，然後把臉鼻貼在梭羅小木屋（Thoreau's Cabin）的窗口，探個究竟——這樣大概耗掉兩個多鐘頭。接著，直闖愛默森故居，順路拐進《小婦人》的果園屋、霍桑的「路邊居」（The Wayside），再往北叩訪老牧師宅。若還有空的話，趁天暗之前潛入沉睡谷墓園（Sleepy Hollow Cemetery）。

信賴你自己的思想，你內心認為正確的觀念，對別人也必是至理，這就是天才。

我的波士頓友人梅森告訴我：「三十年來，一次又一次重讀他的著作，隨便翻開一頁，皆有珠璣之言。」

愛默森的一字一句都值得反覆思考，一再玩味。梅森覺得，若一口氣看，恐怕頭腦會吃不消。最好的方法是，每次不要多唸，只隨意翻閱幾頁，然後閉目思索，或朗誦給朋友聽。

愛默森一八〇三年五月二十五日出生於麻州波士頓，父親是牧師，在他八歲時過

愛默森在康考特的這座白色木造房子裡住了四十七個年頭。

世。他體弱多病，當時的教育要求死背硬記，所以他的成績很差，在學校是個遲鈍的學生，完全看不出後來的偉大成就。他上了哈佛學院（後來改制爲大學），一邊打工，抽空讀完了古今二十位偉大作家和哲學家的全部著作。

從哈佛畢業是一八二一年，八年後結婚，不到一年半，第一任妻子就病死了，年方二十。而他的三個兄弟也早逝，大兒子五歲就夭折。他本來要做牧師，這時對人生的意義產生了質疑，於是辭去神職，前往歐洲，在那兒認識了著名詩人華滋華斯、柯爾律治和卡萊爾，並且作公開演講。

最受歡迎的美德是從俗，但能成爲大丈夫的必不至於隨波逐流。

愛默森二度結婚，定居於離波士頓約四十分鐘車程的康考特，這年是一八三五年。他蓋了這座白色木造房子，親手栽植環繞屋舍周圍的橡樹，他與第二任妻子和小孩搬進來住，直到一八八二年離開人世爲止。他的書房連同書籍和家具，已經搬到對面有防火設施的康考特博物館，其他房間則一如生前，沒有任何變動。居內陳列著他的手杖、帽子和巡迴演講時穿的那件野牛皮外套。

他寫的哲理散文引人深思，又

受邀到處演講，愛默森的文化事業算是經營得相當成功。他風塵僕僕趕往大城小鎮，這個身材修長，面貌瘦削，下顎端方的男子，藍眼睛閃著神采奕奕的光芒。四十年期間，他在美國各地和加拿大共作了一千五百場公眾演講。演講內容固然深奧，但一般人都聽得入迷。從這些講稿中，他整理成篇，發表了多篇重要散文：〈論愛〉、〈論美〉、〈論經驗〉、〈論自然〉、〈論友誼〉等。

愛默森的箴言許多已成了普遍流行的成語，例如：「立志須如星高」、「愛人者普受人愛」等等。他塑造美國人的精神，講求樂觀、實事求是、自賴自信的民族特徵。

〈論自我信賴〉（Self-Reliance）是愛默森最著名的散文，而「自我信賴」這個特性就是他的哲學和個人精神的眞諦。他畢生激勵人們充分運用自己的能力，驅除恐懼感，倚仗自己的內在才華；信賴生命，生命不會使你落空，而你的成就，將比你所期望的更大。

風範是一個人影子的延長。

愛默森欣賞自然之美。一八三六年他出版《大自然》（*Nature*），這本書有點像散文詩，全書從頭到尾不到一百頁。他寫道：「眞、善、美，是一體的不同面。」一八四八年法國革命，他在巴黎看到大

街上的樹被砍下來架設路障，他冷冷地說：「一年後，我們要檢討一下，看革命是否値得砍掉這些樹。」

他認爲，一切有生命的東西都在天意中占有自己的地位，但由於怠惰和習慣，人們才會變得興致索然。他最令人鼓舞的說法，就是人活在世上是一件樂不可支的事。當妻子和弟弟相繼去世時，他說：「我接受整個生命。」意思是生命中有甘有苦，他都全盤接受。

自信是成功的首要祕訣。人不盡量發揮自己的天賦，便是罪孽。

愛默森從年輕時起自律甚嚴，

愛默森自律甚嚴。

每天清晨五點起床，用半小時至一小時把所思所想寫在札記簿裡，他稱爲「儲蓄銀行」。然後他把這些意念加以整理，編製索引，互相參照。在寫作時，他從札記裡取出有用的材料，寫成演講稿和書。

看他的日記，我發現，他一生結婚兩次，可是每次在日記裡只記下短短的一句話：「我娶了愛倫．塔克」，「我娶了莉迪亞．傑克森」，如此而已。

愛默森時時鞭策自己。在暮年，他依然每年旅行數千哩，到處演講。他在家時，每天都在書房閉戶寫作，包括十部巨著和無數篇雜誌文章，還寫了百萬餘言的札記，正如他所言：「從不停頓，從不休息，要精益求精，至善至美。」

愛默森是那時代極具影響力的人物，故居門前，訪客不斷，以他爲首組成「先驗俱樂部」（Transcendental Club），探索人生哲理的眞義。霍桑在《古屋苔痕》書中，形容愛默森是別創一格的大思想家，他的影響無遠弗屆。他對於某些年輕夢想家，有種神奇的魅力，他們前來請教這位大師，給予指引，以脫離作繭自縛的迷宮。他又讚譽愛默森，爲人靜默而率直，一無矯揉造作，他同任何人見面，都好像是要向人請教，而自己並沒有什麼可以教人似的。

而他從不吝惜鼓勵後進，曾經資助過美國文壇及哲學界的許多優秀人物。他幫助過《小婦人》作者奧爾科特的哲學家父親布朗森，使他們一家得以溫飽。他也替《湖濱散記》作者梭羅找到工作，以維持生活；梭羅的那座著名的華爾騰池畔小木屋，便是建在愛默森的土地上。寫《草葉集》的詩人惠特曼（Walt Whitman）得到他的鼓勵，終於成爲美國詩聖；惠特曼寫道：「我像文火那樣慢慢地燒，愛默森使我沸騰。」（I was simmering, simmering, simmering; Emerson brought me to a boil.）

如果有人能百折不撓地相信自己的直覺，並照著自己的直覺去做，廣大的世

右頁圖：布朗森為愛默森設計的避暑小屋。
左頁圖：布朗森的想像畫中，樹的枝幹扭曲，形狀古怪，像滑稽的老人伸出他們彎彎曲曲的手臂，朝上伸展成了層層階梯。

界便會附和他。

康考特文風鼎盛，有陣子聚集了不少文人。像《小婦人》作者路薏莎．奧爾科特一家人也住在康考特，與霍桑和愛默森、梭羅等人爲鄰，時相往來。奧爾科特的父親布朗森以想像力爲愛默森的避暑小屋設計樓梯——一棵老樹的枝幹扭曲，形狀古怪，像滑稽的老人伸出他們彎彎曲曲的手臂，朝上伸展成了層層階梯，直達樓上。那種設計眞是天才，再高明的設計師也想不出來。

一八七二年的一天，這房子曾經著火。路薏莎．奧爾科特帶領當地一群少年忙著搶救手稿和書籍。事後，愛默森一家暫時借住老牧師宅，然後前往歐洲旅行。等他們返鄉，他發現房子燒壞的部分都已

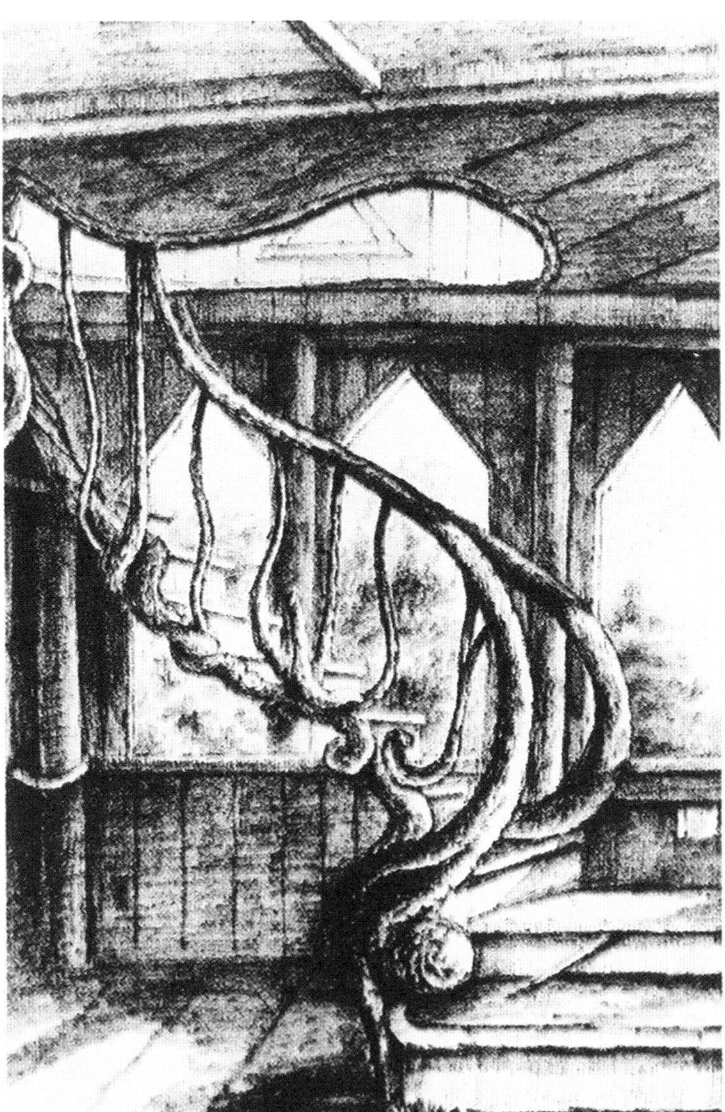

冬日午後，愛默森偕同梭羅來找霍桑，三個大男人一塊兒下河去滑冰。

經修繕完畢，是那些可敬的鄰人和朋友出的力。可見愛默森在康考特的人緣多麼好，大家多麼尊敬他。

如果你眞的失敗了一兩次，倒在地上打滾，又怎麼樣？再爬起來，以後你就不會那麼害怕摔跤了。

在康考特的日子，三個男作家的感情特別好，從一幅速寫畫可以看出：某個冬日午後，愛默森偕同梭羅來找霍桑，三個大男人一塊兒下河去滑冰。他們嘴上掛著煙囪，一呵氣，煙囪冒出一團白煙嬝繞。梭羅雖是滑冰高手，耍幾招花式對他不難，可那歪歪斜斜的模樣眞是醜態百出；霍桑小心翼翼裹緊大

1.「路邊居」書房裡有張「站立的書桌」，可收起可放下，霍桑有時在這桌上寫作。
2.沉睡谷墓園裡，四個大作家生前是好友，死後做鄰居。
3.梭羅的墓碑上有幾隻蝸牛歇腳。

衣，身體像希臘雕像般僵硬移動步子；愛默森左右踉蹌幾下，搖搖晃晃，終於重心不穩，往前跌個倒栽蔥。

後來霍桑找到海關的工作，遷出老牧師宅，回到出生地歇冷，一九五二年又搬回康考特，住在奧爾科特一家人住過的房子「山邊」（Hillside），霍桑把它改名「路邊居」（The Wayside）——算來，這座房子也是有兩個大作家住過。霍桑一直住到一八六四年告別人世爲止。「路邊居」書房裡有張「站立的書桌」（standing desk），可收起可放下，霍桑有時在這桌上寫作。

至於愛默森的房子，在他和家人赴歐洲旅行期間，一度也借給梭羅暫住。

康考特文人包括愛默森、梭羅、霍桑及路薏莎．奧爾科特，雖然不在同年同月同日生，也不在同年同月同日死，但彼此關係好到連房子都能交換著住。生前做朋友，死後依然做鄰居，在康考特，在沉睡谷墓園裡，繼續談詩論文學。

邋遢喬酒吧周末夜狂熱

歡樂西礁島

▲
▼

儘管Papa 離開西礁島已六十五個年頭，島民從未把他遺忘。
從一九八一年起至今，西礁島年年舉辦海明威節，向 Papa 致敬，
讓世人感染大文豪對人生的熱情。

Ernest Hemingway

❶

他們叫他Papa。如果說：「模仿是奉承的最誠懇形式。」（Imitation is the sincerest form of flattery.）那麼每年七月Papa生日，有一百五十多位粗壯的中老年男士從美國、歐洲及南美各地來到美國最南角——西礁島（Key West），神情和裝扮，一個比一個更像Papa，大概就是對這位一九五四年以《老人與海》成爲諾貝爾文學獎得主的最佳奉承了。

當我走過杜瓦街（Duval Street），眼前似乎有種迷離的déjà-vu-vu-vu（似曾相識）的感覺。面積小到僅九平方哩的小島彷彿是Papa的幽靈四處晃動，Papa無處不在——在

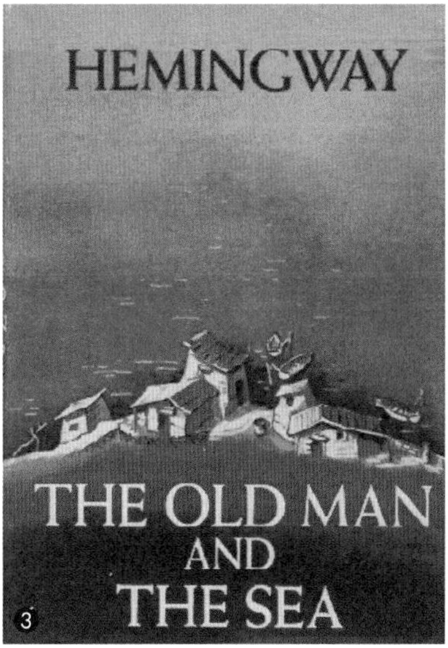

1. 西礁島位於美國最南角。
2. 西礁島距古巴僅九十哩。
3. 《老人與海》的封面。

街頭市集吃東西，騎自行車過馬路，或拿起照相機，互相給對方拍照。一時之間，我還以爲自己看花了眼。

豐富的感情世界及著作

Papa 這個人，要弄清他的個人歷史，尤其是羅曼史，並不難。每換一任老婆就搬一次家，一個護士情人外加四個妻子，依地理位置分布於義大利、巴黎、西礁島、古巴、愛達荷州凱丘姆。一個女人一個地方，保證你不會搞錯。他一生所經歷的，遠遠超過生命本身……

一九二九年至一九三九年間，**Papa** 帶著新娶的第二任妻子，富家

海明威的第二任妻子寶琳・菲佛。

海明威在西礁島上的家，是寶琳的嫁妝。

女寶琳・菲佛（Pauline Pfeiffer）來到佛羅里達州西礁島，住在懷海德街（Whitehead Street）一棟檸檬黃的西班牙殖民地風格房子裡，這是妻舅贈送的結婚禮物。

Papa 在諾貝爾文學獎致答辭寫道：「寫作的最佳狀態是過著孤寂的生活。」書房於是在主屋之外，馬車房改造的二樓，牆外有樓梯登上，這是 **Papa** 讀書寫作的地方，也是每個寫作人羨慕的地方。寬敞的空間，書房裡的每扇門窗洞開，彷彿有風乾淨好奇的在其間流拭，亮晃晃的陽光從外頭潑灑進來。

書房中央是一張圓木桌，桌上躺著一台皇家牌（**Royal**）打字機。

1.書桌上躺著一台皇家牌打字機。
2.寬敞的書房裡每扇門窗洞開，彷彿有風在其間流拭，亮晃晃的陽光潑灑進來。

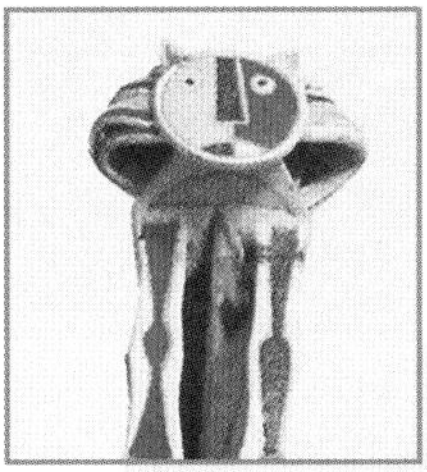

海明威臥房裡的西班牙五斗櫃上方，有一隻畢卡索贈送的陶瓷貓。

天未亮，**Papa** 即起床寫作。他習慣用鉛筆寫情節，而以打字機構思人物的對白，每個字打起來劈劈啪啪的鍵聲彷彿有對話的效果。他寫作時每天記錄進度，最多時候寫鈍了七隻削好的鉛筆，這樣，每天也不過完成二百字至七八百字的量。寫夠了，下午去釣魚喝酒，比較不會有罪惡感。

西礁島歲月也是他收穫的季節。

Papa 在島上寫下最著名的幾部小說，例如：寫非洲打獵經驗的《午後之死》（*Death in the Afternoon*）、《雪山盟》（*The Snows of Kilimanjaro*）；以西班牙內戰爲主題的《戰地鐘聲》（*For Whom the Bell Tolls*）；其中僅有一部《猶有似無》（*To*

一九二九年海明威和兒子傑克駕船出海，
釣到一條大魚。

《戰地鐘聲》的封面。

Have and Have Not）以西礁島爲背景。他的小說改寫了美國文學史，改變了小說人物說話的方式及傳統小說的寫法。

熱鬧的海明威節

儘管Papa離開西礁島已六十五個年頭，但是島民從未把他遺忘。從一九八一年起至今，西礁島年年舉辦海明威節（Hemingway Day Festival），向Papa致敬，讓世人感染大文豪對人生的熱情。今年已是第二十四屆，爲期一個星期的節慶包括角力、釣馬林魚、奔牛、萊姆派競吃、五公里長跑和短篇小說大競寫。

西礁島的天空湛藍藍，閃著銀的光質。

我來到島上的第一天就趕上《妾似朝陽又照君》描述的潘普隆納奔牛節場面，

鳳凰花把藍藍的天空燒紅了一片。

海明威把邋遢喬酒吧男廁裡的尿壺扛回家，當貓咪的飲水槽。

西礁島複製來應景。眼看著一群大人小孩，騎著木頭和啤酒桶做成的公牛模型，像牛仔呼呀喊的，故意「驚竄」得奔來奔去，爆笑連連。啊！這個丁點大的小島，既溼且熱，多麼像南台灣！從下飛機一路過來，鳳凰樹簇擁著火燄般的紅花，渲染一種超越尋常的熱帶情調，把藍藍的天空燒紅了一片。爲了躲避這群橫衝直撞的假牛，在刺眼的陽光下，我瞇著眼，差點兒撞上路邊的停車計時器。

待到禮拜六晚，海明威節重頭戲「誰最像海明威?」（**Hemingway Look-alike Contest**）登場，地點在邋遢喬酒吧（**Sloppy Joe's Bar**）。這兒的已故老闆喬・羅素（**Joe Russel**）乃 **Papa** 昔日的狐群狗黨，喝酒、釣魚、閒扯淡。在《猶有似無》一書中，「康克皇后號」船長佛萊迪身上可找到他的影子，同樣也開了一家佛萊迪酒吧。當年房東要調漲房租，喬・羅素一氣之下，連夜搬到現址。海明威聽到消息，急忙趕過去，把邋遢喬酒吧男廁裡的尿壺扛回家，當貓咪的飲水槽。

誰最像海明威？

七月溽暑，邋遢喬酒吧裡或許是客人太多，冷氣沒辦法穿過層層人牆，我只好任由汗水滴滴落。由於參賽者的親朋好友啦啦隊打從中午起就開始卡位，晚上七點鐘，酒吧裡已經擠不進一片葉子了，幸好我提早一個鐘頭入場。台上節目熱騰騰，台下啤

西礁島上的觀光小火車。

邋遢喬酒吧外觀。

1

礁區萊姆派嚐起來酸酸甜甜。

酒涼冰冰。來一小塊礁區（Key）特產萊姆派（lime pie），嚐起來味道酸酸甜甜。

「Papa 每次來到酒吧，總是坐在同一位子上。」邋遢喬現任老闆約翰・克勞辛告訴我：「每次喝上四杯馬汀尼。」

這時候，入圍者在台上一字排開，有些長得像極了 Papa，有些乍看則更像維京海盜。不管他們的身分是警察也好，或是五金行老闆或理髮師，沒有人是幸運到來一次就贏。有人前後起碼參賽過五、六、七次，輸了帶走一打罐裝啤酒，明年捲土重來，一次又一次累積經驗，一年比一年更像 Papa。

1.台上正在舉行「誰最像海明威？」比賽。
2.入圍者在台上一字排開，有些長得像極了 Papa，有些乍看則更像維京海盜。

一旦贏了，以後就不再具有參賽資格，來年只能當評審。

到底勝負的標準在哪兒？

「首先我問參賽者，你爲什麼想贏？其次，假如你眞贏了，你要如何支持『誰最像海明威？』活動？最後，你說說看，你對海明威節有哪些貢獻？」

「一上台，先報上姓名，接下來的機智問答，要看臨場反應如何。」一名評審說：「長相不是挺重要，但要有 **Papa** 的勇氣，最重要的，要有觀眾緣。」

有的是眼睛和顴骨神似 **Papa**。也有人認爲：「弄對了鬍子，梳對了頭髮，穿對了服裝，那就多了幾分勝算。」

十九歲的安迪．莫瑞穿一身一次大戰的軍服，腋下夾著枴杖，模仿一九一八年照片裡受傷的年輕Papa。他說：「輸了也無妨，我還有三十年的機會。」

比賽近尾聲，主持人宣布，六十五歲，第八次參賽，來自北卡羅萊納州不動產經紀商約翰．史塔賓斯（John Stubbings），以銀白的鬍子、紅潤的臉色、銳利的眼睛和一件卡其背心，贏得二〇〇四年度Papa頭銜。

「這幾年來，我在家裡試過各種造型：非洲打扮，潘普隆納打扮，漁夫打扮，甚至晚年凱丘姆的打扮。頭髮嘗試左分、右分、中分。鬍子再留長些，梳密。每次照鏡子，又覺得自己更像Papa。」我看到他圓圓的臉上，忽然嘴一咧，笑了。令人發噓的是，當年西礁島上的Papa還年輕，既不胖也沒白鬍子，他滿頭黑髮、留鬍髭，笑起來有幾分克拉克．蓋博（Clark

今年優勝者以銀白的鬍子、紅潤的臉色、銳利的眼睛和一件卡其背心拔得頭籌。

Gable）的味道。我覺得頗詫異，每年海明威節的參賽者總是打扮成他年老的模樣，而忠實扮成年輕Papa 的，卻一次也選不上。我的天啊，在華氏九十度的氣溫下，穿 Papa 標記，乳脂色漁人羊毛衫，不熱瘋了才怪。

我跟著 Papa 走出酒吧，一大票攝影師、記者、觀光客和其他 Papa 分身團團包圍上來。一位日本年輕女記者，舉著麥克風喇地從我下巴斜飛過去。

同行的老美友人此回參加了短篇小說大競寫，事先將作品原稿寄給海明威的孫女洛莉安（Lorian），她本身也是作家，曾提名普立茲獎及國家書卷獎。正式頒獎典禮在 Casa Antigua 公寓（314 Simonton Street）舉行，這也是當年海明威一家初抵西礁島暫居之處。

年輕海明威，滿頭黑髮、留鬍髭， 笑起來有幾分克拉克．蓋博的味道。

洛莉安接受媒體採訪時提到：「你當然不必寫得像海明威，每一篇作品都應該有它自己的特色。」有人刻意模仿海明威的風格，結果只學到新聞記者平鋪直敘的寫作句法，其他什麼也沒。

同樣的，可以裝成 Papa 的模樣，卻學不來他的神韻。

如同嘉年華會

走在市集繽紛的街頭，放眼望去，帥哥攬著帥哥，美女挽著美女，西礁島其實是美國著名的同性戀島。這位舉世聞名的大文豪，若還活著的話，今年（二〇〇四年）七月二十一日有一百零五歲了，魅力依然不減。我估計，吸引讀者前來西礁島的原因不只是他的作品，甚至他的生活方式，打獵啊，釣魚啦，吃啊喝的，讀者嚮往從他的作品中進行一場心靈冒險。老實說海明威節文學成分不濃，倒好玩得像一場嘉年華會，變色龍和蟒蛇，一塊兒來湊熱鬧！

變色龍和蟒蛇，一塊兒來湊熱鬧！

二〇〇四年海明威節在七月二十五日正式落幕，你已經趕不上，明年請提早計畫，或者來一趟虛擬之旅——上網吧。若**Papa**尚在人世，遠在台灣的我們，藉由網路進入邋遢喬酒吧二十四小時攝影機，可清楚看到他在酒吧裡的動靜，不必迢迢搭機跑到西礁島去。

右圖：一大清早，街頭空無一人，我看到一輛豹車疾馳而過。
左圖：海明威和他釣到的大魚。

若是台灣的早晨，地球另一端西礁島正好是夜晚，你可以看到邋遢喬酒吧裡，在現場樂隊伴奏下，一片勁歌熱舞，像是著了魔催了眠，正熱鬧呢！邋遢喬酒吧醒著的時候不寂寞也不孤單，到凌晨三四點鐘才筋疲力竭靜下來，燈光熄滅了，客人也失去蹤影。這時的台灣日頭將盡，從網路上你可以看到工作人員在整理桌椅，擦地板，收拾垃圾。

邋遢喬酒吧外，杜瓦街夜來各處全是燈，街角也有架設一部網路攝影機，全天錄下過往的行人和車輛。請趕快打開你的電腦，看我，我在這兒跟你招手！

嗨！你看見我了嗎？

Writers' Houses

美國發行的海明威故居及紀念館郵票，右上角，乳脂色漁人羊毛衫，是衆人熟悉的 Papa 標記。

＊二十四小時網路攝影實況
邋遢喬酒吧：http://www.sloppyjoes.com/sloppycam
杜瓦街角：http://www.liveduvalstreet.com

商店門口，假人拿著一串海綿，是以前西礁島的特產。

密室裡的書天地

在西礁島上逛書店，推開門，一股濃重的味道迎面襲來，彷彿走入久未通風的房間，空氣滯濁，濃得化不開，令呼吸有點吃不消，還好一會兒就習慣了，那股味道也許是獨特的舊書香吧。

西礁島上僅有兩家書店，西礁島書店（**Key West Island Bookstore**）是其中的一家。

也許有讀者不曉得西礁島究竟在何方？這裡是美國的最南角，請

▲ 西礁島書店。

◀ 以海明威作封面的舊雜誌，要賣四百美金。

攤開美國地圖，在右下角佛羅里達州的外海、墨西哥灣裡散布的島嶼，彷如上帝隨手撒下一把小星星，掉在海裡成了小珊瑚礁島，西礁島就在最下方靠西的位置；雖然是「島」，但與美國本土有海上大橋連接，一點也不算遺世獨立。

書店店址就在島上老城區，佛萊明街（Fleming Street）五一三號。架上依書的種類而分，有文學、歷史、傳記、羅曼史、哲學、烹飪、攝影、建築、企管……等等，百分之九十以上都是舊書。我在藝術類找到了一本英漢對照的《故宮珍玩選粹》，由故宮博物院出版，可能是店裡唯一的中文書籍。許多市面上早已絕版的書，都有可能在這裡找到，我買到一本三十幾年前出版的《霍桑傳》，在普通書店裡遍尋不著，如今倒是踏破鐵鞋無覓處。由於是精裝本，除了顏色有些泛黃，內頁仍絲毫無損。

環顧四壁，牆面留白的地方貼滿了曾在西礁島居住過的文學家照片。別看這島雖小，歷年來竟出了九位普立茲獎得主。有人說，這些人是受不了得獎帶來的盛名之累，因此搬到美國最南角落來隱居過活，如海明威、伊莉莎白．畢夏普（Elizabeth Bishop）等人。除此之外，寫《慾望街車》（*A Streetcar Named Desire*）的田納西．威廉斯（Tennessee Williams）在島上度過生命的最後三十年，當年住過的白色小平房如今仍在。

可惜的是，西礁島書店在一九八〇年代中期開張，錯過了這些文學大師居住的風雲年代——海明威是一九三一年至一九四〇年間，田納西．威廉斯則在一九八三年離世，他們全與西礁島書店無緣。如今，書店倒是以他們爲主要賣點，他們的所有著作都可以在書店裡找到。連海明威放大彩色照片（經後人上了顏色），一張賣五美元，其他大幅海報賣得更貴。

店面不大不小，但別以爲這樣轉一圈就把店逛遍了。且慢走。

在書店的最裡頭，不注意看的話，可能會疏忽了那道與舊書同樣顏色的破拉門，門的上方寫著「善本書室」（Rare Books Room）。我一時好奇，透過門縫往裡窺視，不小心弄響了門上的鈴鐺，店員聞之立刻趕過來。她主動把門拉開，讓我進去。

我看書，女店員突然跑到我背後坐下。

沒料到，密室裡另有天地。

我的目光從地板漫遊至天花板，看那一排排互相挨擠著的舊書，忽然升起肅穆之情。所以會標榜著「善本書」，乃因它們不是初版便是有作者在書上親筆簽名。一本留有海明威簽過名的初版舊書《勝者無所得》（*Not Take for a Hero*），竟索價六五〇美元，平均每頁折合台幣七十元；費滋傑羅（F. Scott Fitzgerald）的《大亨小傳》（*The Great Gatsby*）沒簽過名，但是初版，也要賣四十五美元，夠買七八本平裝書了。至於十幾年前才出的初版書，定價只稍稍貴了點，也許要再珍藏個數十年也就水漲船高了。

而已經停刊的《生活雜誌》（*LIFE*），當年曾一口氣刊完《老人與海》，以海明威作封面的那一期舊雜誌，竟然也要賣四百美金。

密室面積約只有四張榻榻米大，但書的總值想必價值不菲！難怪，當我在那兒欣賞讚嘆之際，店員小姐突然跑過來，故意在我背後坐下，不吭不響，低頭看報；表面上是陪著我（裡頭有點地牢的陰暗氣氛），暗地裡大概是擔心我偷書吧！

我第一次到西礁島的那天，適逢海明威的九十六歲冥誕（他出生於一八九九年），西礁島上熱熱鬧鬧舉辦海明威節。在參觀過海明威故居後，我一路信步走到這家書店來，發現店裡賣的關於海明威的各種著作，甚至比故居裡的收藏還要豐富。而

且，第二天下午三點至六點，希拉蕊．海明威（Hilary Hemingway）偕同丈夫將蒞臨書店，介紹她的小說新作《夢土》（*Dreamland*），同時為讀者簽名。從世界各地湧來的海明威迷，基於愛屋及烏，應該會對大師姪女的作品也感興趣吧。畢竟掛上「海明威」標誌，總是有點不同！

在書店裡約莫逗留了兩個鐘頭，我走出密室，走出書店，穿過陽光而去。

美國最南角的房子

從杜瓦街往南行去，一直走，一直走，走到路的盡頭，便是了。

美國最南角的房子。

小心點，可別走到海裡去了。

在西礁島上過夜，這個旅館值得去住住看，因爲這是「美國最南角的房子」（Southernmost House in the U.S.A.）。建於一八九六年，這個旅館僅有十二個房間。

就算不住房，也可買張門票，進入裡面的小博物館參觀一下，看看與美國歷任總統、海明威、田納西・威廉斯相關的紀念物品。

邋遢喬酒吧
Sloppy Joe's Bar

201 Duval Street
Key West, FL 33040
U. S. A.

電話：(305) 294-5717
網址：http://www.sloppyjoes.com

美國最南角的房子
Southernmost House in the U.S.A.

1400 Duval Street 'on the ocean'
Key West, Florida 33040
U. S. A.

電話：(305) 296-3141
網址：http://www.southernmost-house.com

反對DDT的女子

瑞秋・卡森農舍

在這個受苦受難的地球上，讓新生命沉寂無聲的是誰呢？
既不是巫術，也不是敵人，而是人們自己。

Rachel Carson

在麻州劍橋自我放逐的那一年，夏日一到，幾乎每兩個周末就開車去鱈角（Cape Cod）。幾個朋友潛水下海抓龍蝦，我和小趙兩個女生待在沙灘上避風的角落，架好了烤架，等著他們捕龍蝦和魚上岸來。途中，臨近海灣的一段路，會看到通往伍茲霍爾海洋生物實驗室（Woods Hole Marine Biological Laboratory）的路標。

伍茲霍爾原本只是個小村落，自從一八八八年成立海洋生物實驗室，科學家紛至沓來，人口逐漸增加。從海洋實驗室最後一棟大樓臨海的邊緣延伸過去是潘贊斯岬（Penzance Point），翻滾而來的浪花，前洶後湧。這裡有一片狹長的銀白沙灘，長約一哩，木造豪宅櫛比鱗次，多半是富豪在這裡蓋的避暑別墅。

有回路過，朋友指著實驗室，揚起聲音說：「瑞秋．卡森（Rachel Carson）當年曾在這裡打工過。」

瑞秋．卡森？我立刻想到那個反對使用ＤＤＴ的女子。

她讓「生態學」一詞家喻戶曉

在環境污染問題日益受到世人重視的今天，可以想像，時光倒回六、七十年前，地球的景況不至於像現在這樣糟，可是當時有個女子已意識到環保的重要性，她以一支筆的力量來呼籲世人。若不是因爲她，我們目前生存的環境也許更不堪想像。

《寂靜的春天》新版由美國前副總統高爾作序。

瑞秋·卡森從小是個羞怯纖弱的女孩，喜歡閱讀和與大自然爲伍，一心只想從事教職和寫作。但她後來的命運卻峰迴路轉，尤其在一九六二年出版了成名作《寂靜的春天》（*Silent Spring*），讓「生態學」（ecology）一詞家喻戶曉。她的著作提醒眼光短淺的政府和企業界，喚起他們的良知，共同努力來拯救地球。然而，此舉原本不在她的人生計畫中，她只是在尋找大自然的眞理和完美。而她所做的一切，不過是延續童年愛好自然的習性罷了。

個性內向、孤僻的瑞秋·卡森，有一雙深邃棕色的眼睛。

一九〇七年生於賓州春谷鎮，她在面積達六十五畝的農莊裡成長。從母親的一言一行及《彼得兔》碧翠絲·波特的作品中，她學會了對世間各種生命的尊重。當屋裡飛進來一隻蒼蠅和蜘蛛，家人總是趕緊把牠放生，瑞秋並勸服哥哥不再射殺野兔。在大自然的境界裡，她從來不覺得無聊，永遠有新的事物，等待她去體驗，等待她去探索——看蛇蛻皮、照顧離群的小知更鳥、吹響號角螺……

是什麼原因，讓一個小女子變成環境改革家，發表《寂靜的春天》，喚醒世人重視環境污染的隱憂呢？

原來，當時有十四隻無辜的知更鳥，不幸死在DDT殺蟲劑的手裡。這件新聞使瑞秋・卡森大感震驚，於是她憤然疾書。《寂靜的春天》書名聽起來很美，可是，一字一句卻帶給讀者相當的驚駭。作者告訴我們，如果世人不再注重環境保護，繼續濫用化學藥品的話，這個地球上的春天將會寂然無聲，再也無法聽到蟲鳴鳥叫。當食物鏈一環接一環遭破壞殆盡，到後來，對人類本身無疑是自我毀滅。

在書的第一章，瑞秋・卡森語帶啓示的寫道：「在這個受苦受難的地球上，讓新生命沉寂無聲的是誰呢？既不是巫術，也不是敵人，而是人們自己。」她喚醒人們的知覺，珍視大自然的可貴。

詩啓發了她的靈感

瑞秋・卡森的家族裡從來沒有人是作家，她自己也不明白，日後爲何會走上寫作這條路。她最初在賓州女子學院主修英文，後來對選修的生物漸感興趣，於是轉到動物系，拿到了學士學位，然後又拿到約翰・霍普金斯大學的研究所獎學金，取得動物學碩士學位。其實，她所學的科目與寫作毫無關聯——原來是詩，啓發了她的靈感。尤其是英國維多利亞時代的詩人丁尼生的詩句，像音樂一樣撫慰著她的心靈。

Break, break, break,
On thy cold grey stones, O sea!

破碎，破碎，破碎，
在你冰冷灰暗的礁石上，海啊！

她反覆吟哦著詩，從字裡行間，她可以聽見海浪撞擊著礁石，激起千堆雪。她停頓，再唸，又停頓，思潮如泉湧了上來。

這個女子，融合著學者的嚴格準確和藝術家的熱情敏感。研究所放暑假，瑞秋．卡

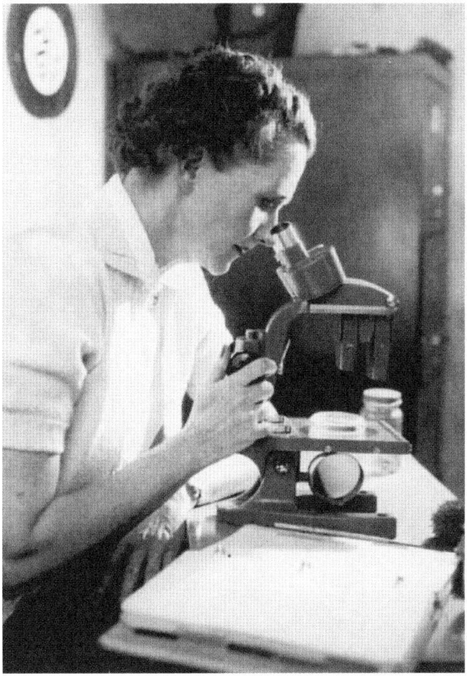

瑞秋．卡森年輕時做實驗時專注神情。

森首度到伍茲霍爾海洋生物實驗室作研究時，年紀不過才二十出頭。當她親眼目睹小鳥魚游來游去的情景，活躍的生命力，竟令她感動得眼角濕潤。從此，她致力於海洋的研究，至死方休。

這時候的她，文學氣質已流露無遺。以海洋爲主題，她陸續寫下《海風下》（*Under the Sea Wind*）、《周遭之海》（*The Sea Around Us*）及《在海之濱》（*The Edge of the Sea*）等自然文學作品，而以《周遭之海》受到文學界的普遍肯定，得到布克獎。等到醫生告知已罹患乳癌時，她仍執筆寫《寂靜的春天》，花了整整四年半的光陰。

《寂靜的春天》精裝本甫問世，立即售出五十萬冊，引起廣大讀者的迴響，但也造成化學工業界人士群起作人身及學術方面的抨擊。可是瑞秋．卡森仍仗義執言，毫不畏縮。甘迺迪總統也讀了她的書，指示科學諮詢委員會展開調查，至該年年底，美國國會已提出四十幾條法案，要求立法規範殺蟲劑的使用。

白色農舍故居

在賓州西南部的小城，她出生的農舍保留至今，那是一八七〇年建造的一座白色木造建築，有五個房間。每年夏天，在故居裡舉辦一系列教育課程，我上門的那次剛

瑞秋・卡森童年故居保留至今。

好看到他們正在上一堂「有機花園」（Organic Gardening）的課。

「妳腳下的這塊土地，就是小瑞秋童年時期踩過的土地。」故居的主任管理員薇薇安・薛佛（Vivienne Shaffer）提醒我。

我低頭看一眼，對這塊土地突然升起了崇敬。想像中，那個小女孩走過，停下腳步，一會兒低頭看隨風微擺的綠草，一會兒發現一株小野花，兀自歡喜。不時將頭偏向一方，聆聽樹上的鳥叫，不知什麼地方傳來隱泉幽澗的汩汩聲。

卡森一家在這房子裡從一九〇〇年住到一九三〇年，簡單的家居生活，屋內沒留下幾樣東西。房子裡沒有冷氣或排水設備，唯有客廳裡一架鋼琴，是小瑞秋的母親教授鋼琴用的。樓上母親的房裡有一盆小小的炭火爐，還有用腳踩的舊式縫紉機。

從房間望出去，一隻蟬的鳴叫清越激昂，壓低了阿勒津尼河（Allegheny River）沉重的奔流聲。想當年，小瑞秋臨窗閱讀，光線斜斜射入屋內。

貝殼散落在廚房的一張桌子上，貝殼旁是一只噴藥罐和一盒如今已遭禁用的殺蟲劑。牆壁上有張海報：一個婦女朝睡著的孩子床鋪周圍噴灑ＤＤＴ——看來觸目驚心！

ＤＤＴ的爭議

ＤＤＴ的發現者是保羅．穆勒（Paul Herman Muller），他的論點是ＤＤＴ能夠殺死蚊、蚤、蝨，而這些害蟲身上起碼帶有二十種以上的傳染病菌。這是最便宜、最安全又有效的殺蟲劑。這個突破性的發現，讓他在一九四八年得到諾貝爾獎。

瑞秋．卡森在書中一再強調，人們濫用了這些殺蟲劑。然而近年來，瘧疾在落後地區再度復活，情況比數十年前更加嚴重。大家紛紛把矛頭指向瑞秋．卡森，說她「關心大自然遠勝於人本身」，要不是當初她大力反對使用ＤＤＴ，今天也不會有這個後果。

ＤＤＴ是瘧疾殺手。「對已開發國家來說，瘧疾無處藏身。但那些未開發或開發中國家，他們無力抵擋瘧疾的侵犯，尤其是可憐的非洲人。」一名瘧疾專家表示。「瘧疾每年殺死數百萬人，每一條生命都是可貴的，值得看重的。你怎麼知道這些人裡，有沒有一個是曼德拉、莎士比亞或愛迪生？尤其是尚未成長的孩子，失去生命，他們就失去了未來所有的機會。雖然這個錯，不見得完全歸於ＤＤＴ禁用，但瑞秋・卡森也難辭其咎。瘧疾不一定會要人命，但每隔幾天發作一次，令人有生不如死的感覺。我認爲禁用ＤＤＴ實在是非常愚蠢的行爲。」一位專家發出沉痛之言。

瑞秋・卡森於一九六四年因癌症過世，年僅五十七。她離世至今逾四十年了，然而她生命中的春天，寂靜卻不再。難道她錯了？

我在想，這樣的指責未免太不公平。「究竟有什麼東西可以取代ＤＤＴ呢？有它的好處，而沒有它的缺點？這麼多年來，難道沒有新的發現嗎？」

生命已走向盡頭的瑞秋・卡森。

讀過她的兩本書《寂靜的春天》和《海風下》，讓我深深覺得，一個女子，若非對大自然充滿了愛心，絕對寫不出這些文章來。人們稱她「大自然之母」，雖然終生未婚，沒有子女，她倒也無憾。

在故居的角落，太陽曬不到的一棵樹根陰影裡，我發現了一朵新鮮的小蘑菇。牆角下，蜘蛛網在陽光下微微閃動。

瑞秋·卡森童年故居
Rachel Carson Homestead

613 Marion Avenue, Box 46
Springdale, PA 15144
U. S. A.

開放時間：須事先預約
電話：(724) 274-5459

伍茲霍爾海洋生物實驗室
Woods Hole Marine Biological Laboratory

7 MBL Street
Woods Hole, MA 02543
U. S. A.

開放時間：須事先預約
電話：(508) 508-289-7623

阿Q創造者
魯迅紀念館

但我坦然，我欣然。
我將大笑，我將歌唱。
——魯迅

一個作家若能塑造出神氣活現的角色，作品就算成功。二〇〇三年，香港《亞洲週刊》選出「二十世紀中文小說一百強」，魯迅的小說集《吶喊》列為第一，後面依序是沈從文《邊城》、老舍《駱駝祥子》、張愛玲《傳奇》、錢鍾書《圍城》、茅盾《子夜》、白先勇《臺北人》、巴金《家》、蕭紅《呼蘭河傳》及劉鶚《老殘遊記》等列前十名。

從簡體書認識了魯迅

老實說，我在上大學以前完全不曾接觸過魯迅。小時候，魯迅這些人的作品在台灣都是所謂的禁書。我只聽人說過阿Q，至於怎麼個Q法，毫無概念。到了美國上大學，學校圖書館中文部收藏各式各樣的書籍，一時眼花撩亂，尤其是簡體書，真是無從找起。北京清華來的俞主動提議，帶我穿梭書架與書架之間，隨手抽下一本魯迅散文集《野草》，指給我看第一篇第一句，留給我很深的印象：

「在我家的後園，可以看見牆外有兩株樹，一株是棗樹，還有一株也是棗樹。」

他那一口標準京腔，唸起來音調高高低低，擲地有聲，真是好聽極了！

「可是，魯迅幹嘛不寫牆外有兩株棗樹，何必數完一棵，然後再數另一棵？乾脆給兩棵棗樹各取名字算了。」我納悶著。

「這——妳們台灣來的小姑娘就不懂了，徐志摩還有句詩：北方的冬天是冬天……」

男生追女生，帶她去圖書館借書，幫她抱書回去，等她看完，再抱回去還，一來一往，起碼製造兩次見面的理由——這是俞後來告訴我的「留學生追求異性一百招」

《阿Q正傳》的插圖。

成寒在頤和園，花五塊人民幣，換上清宮女裝，拍照紀念。

的其中一招。俞還貼心的找來一本《繁體簡體字對照表》小冊子給我，我就是這樣很阿Q的看完了魯迅、巴金、老舍和郭沫若。

而我第一次到北京，俞交待他的家人和朋友好好招待台灣同胞。十二月冽冬，冷颼颼，他們帶我去吃涮羊肉，去看魯迅博物館和故居，還去了頤和園，花了五塊人民幣，換上清宮女裝，拍個照紀念。我到他們家吃飯，發現浴缸裡臨時養了四條鯉魚，游來游去；或許是天氣冷，人可以幾天不洗澡罷！這是北大教職員宿舍，門外樓梯口，家家堆疊成山的大白菜，以帆布覆蓋著，似乎打算吃一整個冬天的樣子。

阿Q精神

《阿Q正傳》雖然不是《吶喊》集中最好的一篇，阿Q卻是魯迅小說人物中最出名的，「阿Q精神」也成爲中國人嘲諷自我麻醉心態的慣用語。透過「阿Q」這個人物，魯迅深刻描繪潛藏於中國人特質中的「精神勝利法」，例如和別人打架打輸了，阿Q只要在心裡自我催眠，不知不覺就愉快起來。

魯迅本名周樹人，一八八一年九月二十五日出生於浙江省紹興東昌坊口新台門周家，最初取名樟壽，字豫山。因爲「豫山」的讀音像「雨傘」，不太好聽，便改爲「豫才」。一八九八年在南京上學時改名樹人。一九一八年，在北京《新青年》雜誌上

魯迅一九三二年十一月二十七日在北京師範大學演講。

發表第一篇白話小說《狂人日記》，署名「魯迅」。

在小說中，魯迅暴露上流社會的墮落，卻以悲憫之心描繪底層的不幸。他關注「病態社會」裡有精神「病苦」的人們：《狂人日記》揭示「吃人」的封建禮教；《孔乙己》表現「看客」的冷漠和無聊；《祝福》裡祥林嫂的「死」與傳統文化有關，更與她自身因「相信」而產生的心靈恐懼有關；《吶喊》爲中國社會變革過程中可能出現的思想屏障，揭示病症和病因。

所謂「哀其不幸，怒其不爭」，魯迅的偉大之處，不只在於撫慰寂寞的靈魂，當眾多的個體組成「孤獨的人群」時，魯迅又把寂寞的消極面放大了給我們看。

剪掉辮子，棄醫從文

一九〇二年元月，二十二歲的魯迅以一等第三名的優秀成績，獲得礦物鐵路學堂的畢業文憑，並獲得官費留學資格。同年二月，兩江總督批准他赴日本留學，進日本弘文學校研習礦冶，後赴仙台改學醫，再棄醫從文。

滿清末年，中國留學生是拖著辮子出國去的。在國內，沒有辮子不行；在日本，拖著辮子便奇怪得很。留學生裡有兩種人，一是把辮子盤在頂上，頂得帽子高高聳起，彷若富士山，需要的時候再放下來；二是徹底革命，把辮子剪掉。魯迅毅然斷

1.魯迅斷髮照。一九〇三年攝於日本東京。

2.一九三三年春，魯迅錄清人何瓦琴句贈瞿秋白。

3.一九三三年二月十七日魯迅、蕭伯納、蔡元培攝於上海。

❶

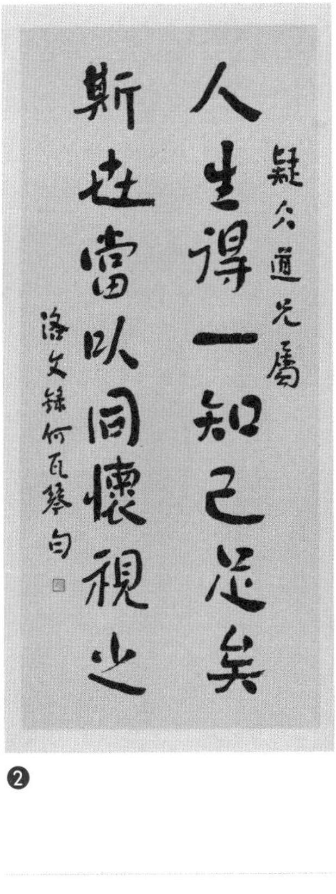

❷

❸

髮，很快受到滿清政府管理留學生的監督的斥責，威脅要停止他的官費，送他回國去。

在斷髮照背面，魯迅憤然寫下：我以我血薦軒轅。這句話成爲他畢生實踐的格言。

他自知不是振臂一呼應者雲集的英雄，只好寫文章來針砭社會。聞一多說，魯迅的處世方式「不是勸人做好事，是罵人使人們不敢做壞事」。

對於作詩，魯迅說：「只因爲那時詩壇寂寞，所以打敲邊鼓，湊些熱鬧，等到眞正詩人一出現，就洗手不作了。」他的詩作雖然不多，卻留下「橫眉冷對千夫指，俯首甘爲孺子牛」、「渡盡劫波兄弟在，相逢一笑泯恩仇」等名句流傳。魯迅也將屈原的「路漫漫其修遠兮，吾將上下而求索」作爲《彷徨》的題詞，而使這句子在近代中國的思想探索中常被引用。

關於外書中譯，魯迅一直主張直譯，也就是對照著英文逐字逐句翻譯成中文，如此一來，譯文顯得格外生硬難讀。像我個人也翻譯過幾本書，主張意譯和直譯並行，一來避免有損原著內容的眞實，二來能讓行文更加流暢易讀。但魯迅認爲意譯無法充分表達內容，所以直譯還是較爲妥當和牢靠。可是在我看來，他的譯文充斥冗長拗口的句子，讀起來像是「英式中文」，很不習慣。

毛澤東的賞識

我見過一幅油畫肖像，魯迅一手夾煙，瞇眼盯著前方出神；沿他的視線望去，可看到那首詩「靈台無計逃神矢」。畫的下方，擱著夫人許廣平和兒子海嬰的照片；海嬰的那道橫眉，簡直和魯迅的沒有兩樣。

另一幅國畫肖像：魯迅一手橫在胸前，托著另一隻拿著紙煙的手，怡然自得地微笑著，有幾分像台灣男演員郎雄。這兩幅畫，歷久難忘。

魯迅在中國文學史上當然有一定的地位，但他成爲大陸最具影響力文人的主要原因，有幾分是政治因素。因爲毛澤東高度肯定他，後世就不斷「神化」他。二十世紀的文人中，毛澤東只捧了一個魯迅。

魯迅生前並沒有見過毛澤東，兩人的聯繫僅於精神領域。魯迅讀過毛澤東的詩詞，曾當著馮雪峰的面評論《西江月．井岡山》，認爲有「山大王」的氣概。一九三四年春，馮雪峰把魯迅的意見轉告毛澤東，毛聽罷哈哈大笑。兩顆超凡的心靈，也許在那時產生詩意的撞擊。毛澤東對《阿Q正傳》特別喜歡，他歷來的文章和講話，提到「阿Q」的次數，僅次於孔夫子。

魯迅死後多年，中國內地成立許多紀念館，全世界的作家似乎沒有人像魯迅，有那麼多的紀念館，我較熟悉的有以下幾個地方：

一九三三年魯迅五十三歲生日，全家合影。

一九三六年，與青年木刻家座談時的魯迅，一手拿著紙煙，怡然自得微笑著，有點像台灣男演員郎雄。

博物館院中的兩棵白丁香樹是魯迅親自栽種的。北房堂屋北面接出了一間房，是魯迅的工作室兼臥室，京人稱之「老虎尾巴」，魯迅戲稱為「綠林書屋」。（王志民 攝）

魯迅紀念館

【北京】

魯迅博物館位於北京阜成門內宮門口二條十九號，小四合院的傳統中國建築。館內收藏魯迅文物兩萬餘件，並對國內外發行《魯迅研究月刊》。近年開發《魯迅全集》、魯迅研究文章目錄索引微機檢索系統，方便研究人員查詢。

博物館院中的兩棵白丁香樹是魯迅親自栽種的。北房堂屋北面接出了一間房，是魯迅的工作室兼臥

北京魯迅故居，位於阜成門內宮門口西三條胡同里。（王志民 攝）

室，京人稱之「老虎尾巴」，魯迅戲稱爲「綠林書屋」。

北京另有魯迅故居，位於阜成門內宮門口西三條胡同里，一九二四年至一九二六年魯迅住在這裡，這是一九二四年魯迅自己設計改建的。

【廣州】

廣州魯迅紀念公園占地二千六百多平方公尺，以魯迅一九二七年一月至九月間在廣州工作生活的足跡爲主線，紀念他光輝的一生。從東側進入公園，映入眼簾即魯迅的頭像，微仰著注視前方。塑像左側有一湧泉，名「乳泉」，取魯迅名言：「我吃的是草，擠出來的是牛奶。」塑像後方牆上刻著《野草》題詞的摘錄：「我自愛我的野草，但我憎惡這以野草作裝飾的地面——我將大笑，我將歌唱。」

【紹興】

魯迅故居位於浙江省紹興市東昌坊口（今魯迅路二〇八號）。走在紹興街頭巷間，迎面而來是以魯迅命名的馬路、廣場、學校、電影院、紀念館；而魯迅筆下的各種人名、風物名更是隨處可見，如「三味」、「阿Q」、「七斤嫂」的商品或「魯鎮茶座」、「百草園飯店」、「阿Q酒家」、「咸亨酒店」等店家。四、五歲的孩童都知道

「三味書屋」是紹興著名的私塾，魯迅十二歲時入此讀書。（王志民 攝）

在他居住的城市出了個魯迅公公，八字鬍，板刷頭，下擺齊腳的長袍，他的雕像屹立在熱鬧的魯迅廣場，天天看著鄉親們。還有一家企業拿出二億元人民幣，打造魯迅筆下的虛擬城鎮「魯鎮」，作爲旅遊景點，十足有魯迅筆下的紹興舊時風情。

「三味書屋」是紹興著名的私塾，魯迅十二歲時入此讀書。書屋爲三開間的小花廳，原是書房，正中掛著「三味書屋」匾額，兩旁屋柱上有一副對聯，上書：「至樂無聲唯孝悌，太羹有味是詩書」。魯迅座位在左上角，書桌是魯迅當年用過的。一次因上學遲到，魯迅在

上海魯迅故居二樓是魯迅的臥室兼工作室。（王志民 攝）

桌上刻了一個「早」字，以激勵自己按時上學。

書屋以「三味」命名有其典故。有人考證「三味」出自宋代李淑《邯鄲書目》：「詩書味之太羹，史爲折俎，子爲醯醢，是爲三味。」太羹是肉汁湯，折俎指帝王士大夫宴禮時，將牲體解節，折而盛於俎（俎，盛牲體的禮器）；醯是醋，是調味品，醢是魚肉作的醬。把詩書子史等書籍比作佳餚美味，很好的精神食糧。

【上海】

魯迅一九二七年十月從廣州來到上海，到一九三六年逝世，在上

上海大陸新村九號，這裡是魯迅在上海的最後住所。

大陸新村寓所二樓的臥室兼工作室，一九三六年十月十九日的情景。

海整整生活了九年。

上海魯迅紀念館建於一九五一年，在九〇年代又大事改建，而有了今日的規模，是具紹興民居風格的建築。紀念館和墓地座落於魯迅公園內，館內陳列魯迅的手稿、遺物、文獻、照片等。墓碑上刻有「魯迅先生之墓」，由毛澤東所題。

館內保存著一枚白色長方形木質圖章，刻有「生病」二字。這枚圖章是魯迅逝世前那年請人刻的，當時他已病得很重，不能像過去那樣，有信必覆，有稿必看。接到信件，爲了不讓寄信人牽掛，所以想出此法，在回執蓋上「生病」兩字，寄信人見了便能明白情況。

上海魯迅故居位於山陰路（大陸新村）一三二弄九號，紅磚紅瓦的三層樓房，一九三三年至一九三六年魯迅逝世前居住之所。底層圍牆內有個小天井，魯迅親手種植了桃樹、紫荊花、夾竹桃。二樓南面是魯迅的臥室兼工作室，有一張普通的黑銑床，床南是書櫥和籐椅，床對面放著梳粧檯、茶几和大衣櫥。南窗糊著半透明花紙，窗邊桌上擱著紙、墨、筆、硯和檯燈，陶製龜形筆插中有支廉價但魯迅用來寫下數百篇雜文的「金不換」毛筆。書桌旁的籐椅是魯迅坐著思考、休息的地方。

窗邊的日曆和梳粧檯上的時鐘，標示著他故去的時刻——一九三六年十月十九日凌晨五時二十五分。

「忘記我，管自己生活。」魯迅溘然長逝，他最後的遺言如是說。魯迅是秋天來到人世，又在秋天辭別人世。這位身材瘦小，僅生存了五十六年的作家，以雷霆般的力量震撼了全中國乃至全世界。

後來的事

冬到北京，一定要嚐嚐紅灩灩的冰糖葫蘆。一整串，吃到最後一顆時，實在捨不得一口咬下，改用舔的，舔著硬硬的凝固的糖塊，嘴唇周圍漬著一灘紅，好像唱戲的。許多年前，一個大陸來的男博士生，一個台灣來的女大學生，他帶她進入中國文學的世界，教會了她看簡體字，引導她閱讀中國名家作品。

冬到北京，一定要嚐嚐紅灩灩的冰糖葫蘆。

後來她出了簡體版《推開文學家的門》，經由他在南加大唸博士班的前女友介紹，她的書開始進入大陸市場。然而諷刺的是，她和他，早就互不往來。

他的前女友把朱自清那篇的內容說給她的前男友聽，說那文章裡提了他一小段。有一天，台灣女生收到一封 e-mail，從紐澤西 GE 公司寄來的，他依然單身……

誌謝

一本書的誕生，作者要感謝許許多多人。

感謝我的父親遺傳給我好奇、探索的基因。

感謝曾經刊登部分篇章的平面媒體：《明道文藝》社長陳憲仁先生、《中華日報》副刊主編羊憶玫小姐、《自由時報》副刊蔡素芬小姐和蔡淑華小姐、《中國時報》浮世繪版主編夏瑞紅小姐、廣東《深圳商報》編輯田泳小姐、北京《時尚旅遊雜誌》李文青小姐，還有讀友胡櫻好心幫我找到《國家地理雜誌》。倘若沒有你們的鼓勵與支持，這本書是不可能完成的。

最後，特別要感謝爲本書作序的余秋雨先生。

N0016

成寒之旅❶

瀑布上的房子

追尋建築大師萊特的腳印

成寒◎著／定價260元

萊特，這位唯一生於美國的第一代建築大師，以其絕佳的毅力及想像力帶給我們數百棟以上的超凡建築作品；他不只是建築歷史的傳奇，也是美國文化的重要偶像（他的古根漢美術館及落水山莊已經是教科書上代表美國的圖騰）。

《瀑布上的房子》大概可以說是這幾年建築類出版最具商業成功的典例之一；成寒以其非建築專業的背景來重新描繪萊特傳奇的一生，使他更像是一位有血有肉的「常人」，而不是專業者眼中總思詳查其設計思想之類的「建築家」。

《瀑布上的房子》是一本小斷代式的萊特小傳，由他的幼年成長、家庭、工作狀況及建築設計歷程、婚姻、女人關係、逸事等組構出萊特浪漫及為建築創作共組的生活。

成寒柔軟具詩意的文字及粉彩式的圖片集錦，編組出一本任何人皆隨手可讀的建築類書籍，它吸引著任何喜好優雅及品味浪漫的讀者。

——賓州大學建築博士候選人　褚瑞基

BC0121

林徽音與梁思成

一對探索中國建築的伴侶

費慰梅◎著　成寒◎譯／定價300元

這是一部充滿愛、真實與情感的傳記。一部才子佳人的羅曼史，以及他們一生對中國建築藝術的愛與付出。全書時空從二〇世紀初跨越至七〇年代，涉及中國近代史上的重要人物，如梁啓超、康有為、徐志摩、胡適、董作賓、梅貽琦、沈從文等人……

費慰梅（Wilma Fairbank）是著名中國問題專家、哈佛大學研究學者費正清的夫人，一九三〇年代他們在北京有緣結識梁思成與林徽音，並結為終生好友。

林徽音、梁思成、費慰梅、費正清四人，他們曾經一起探索中國古建築，一塊兒乘火車、坐卡車，甚至搭驢車碾過人跡罕至的泥濘小徑，爬上了中國歷史的樑架之間，指尖沿精巧的木工細紋撫摸而過，讚嘆那已經永遠失落了的藝術內涵與精緻。費慰梅是出於對朋友之愛而寫下這本書，深入到人物的內心，勾勒個人的精神文化史，為一段可佩的中國近代史留下珍貴的見證。

方塔迴旋梯

——推開文學家的門

作　者—成寒
主　編—張敏敏
編　輯—林文理
美術編輯—林麗華
專案企劃—王志光

總編輯—余宜芳
董事長—趙政岷
出版者—時報文化出版企業股份有限公司
108019台北市和平西路三段二四〇號三樓
發行專線—（〇二）二三〇六—六八四二
讀者服務專線—〇八〇〇—二三一—七〇五・（〇二）二三〇四—七一〇三
讀者服務傳真—（〇二）二三〇四—六八五八
郵撥—一九三四—四七二四時報文化出版公司
信箱—一〇八九九臺北華江橋郵局第九九信箱
時報悅讀網—http://www.readingtimes.com.tw
電子郵件信箱—know@readingtimes.com.tw
印　刷—華展印刷有限公司
初版一刷—二〇〇四年十月二十五日
初版七刷—二〇二四年五月十七日
定　價—新台幣二六〇元

時報文化出版公司成立於一九七五年，
並於一九九九年股票上櫃公開發行，於二〇〇八年脫離中時集團
非屬旺中，以「尊重智慧與創意的文化事業」爲信念。

方塔迴旋梯 / 成寒作. -- 初版. -- 臺北市 :
時報文化, 2004[民93]
面；　公分
ISBN 957-13-4213-0(平裝)

855　　　　93018578

ISBN 957-13-4213-0
Printed in Taiwan